First published in Great Britain in 2020
Under the title Recipes from the World of Tolkien
by Pyramid, a division of Octopus Publishing Group Ltd
Carmelite House, 50 Victoria Embankment
London EC4Y 0DZ
Copyright © Octopus Publishing Group Ltd 2020, 2023
All rights reserved.

Japanese translation rights arranged with
MARCO RODINO AGENCY
through Japan UNI Agency, Inc., Tokyo

目次

はじめに……7

§朝食……11

ポリッジ……12

旅人のオーバーナイト・オーツ……14

スモーキーなベイクドビーンズ……15

ベーコンとキノコのオムレツ……16

ジャガイモとキャベツのフライパン焼き……18

旅人のオールインワン朝食……19

ベレンのポテトパン……22

洋ナシとクランベリーのマフィン……24

ビヨンの蜂蜜ケーキ……26

ホビットと食べ物……28

§二度目の朝食……31

マゴット爺さんのキノコトースト……32

ドラゴンエッグ……33

ホウレンソウとサツマイモの焼き団子……34

ロスティのサルサソース添え……36

バノック……40

森の果物のブルスケッタ……42

デーツバー……43

アップルシナモンソース……44

グーズベリーとローズマリーのジェリー……46

§11時の軽食（イレブンジズ）……49

キノコのペイストリー……50

クラム……51

レンバス……52

エルフの白い丸パン……54

キュウリのスイートピクルス……56

ビーツのスパイシーピクルス……58

桃のピクルス……59

ポークパイ……60

ビヨンのベイクドチーズ……62

エールとリンゴとマスタードのチャツネ……63

くり窪のアップルケーキ……64

西四が一の庄のジンジャービスケット……66

チェリーとアーモンドのトレイベイク……67

バーリマン・バタバーのブラックベリータルト……68

旅の食事……70

§昼食……73

イチジクと生ハムとブルーチーズの温サラダ……74

クルミと洋ナシのグリーンサラダ……75

ワイルドサラダ……76

ピピンのミナス・ティリス・ランチ……78

ニンジンとパースニップのハニースター……80

焰（ほのお）のスタッフドペッパー……82

躍る小馬亭のガーリックポテトスープ……83

4

物語のスープ……86
ゴラムのサーモンちらし……88
東夷の魚の紅茶マリネ……90
アルクウァロンデのホタテのグリル、バジルソース仕立て……93
灰色港のムール貝のガーリック焼き……94
ウンバールのエビとアンコウの串焼き……96
闇の森のコウモリの羽……99

ミドルアースのちょっと変わった食習慣……100

アフタヌーンティー……103

ビーツのタルトタタン、ヤギのチーズ添え……104
キノコのクロスティーニ……106
ビルボのシードケーキ……108
ニフレディルのショートブレッド……110
イチゴとラベンダーのショートブレッド……112
ビヨンの二度焼きビスケット……114
「ダンブルドア」のブルーベリーと蜂蜜のジャム……115
スモモのスパイシージャム……118
「バックルベリの渡し船」風スタッフドペア……119
全粒粉の糖蜜スコーン……120
ビファーのジャムとリンゴのタルト……122
リンゴとブラックベリーのケーキ……124
ビルボ111歳のバースデーケーキ……126

食べ物とエルフ……128

夕食……131

ハラドリムのタジン……132
カボチャとビーツのチーズ焼き……134
グリーンドラゴン亭のキノコとリーキのパイ……135
酷寒の根菜シチュー……136
ホウレンソウとトマトのダール……138
トゥーリン・トゥランバールのタラゴンチキン……139
フィッシュ・アンド・チップス……140
ブランディワイン川のフィッシュパイ……144
ヌーメノールのフエダイ、ブドウの葉の包み焼き……146
ラムの串焼き、ローズマリー風味……148
ローストラムのジュニパーベリー風味……150
湖の町のビーフポットロースト……152
サムの兎肉シチュー……154

トールキン作品のなかの宴……156

そして、飲み物……159

アセラスティー……160
ミルヴォール……161
トゥック爺さんのホットチョコレート……162
オークハイ……164
モリアのモルドワイン……166
ミード……168

ミドルアースの飲み物……170

索引……174

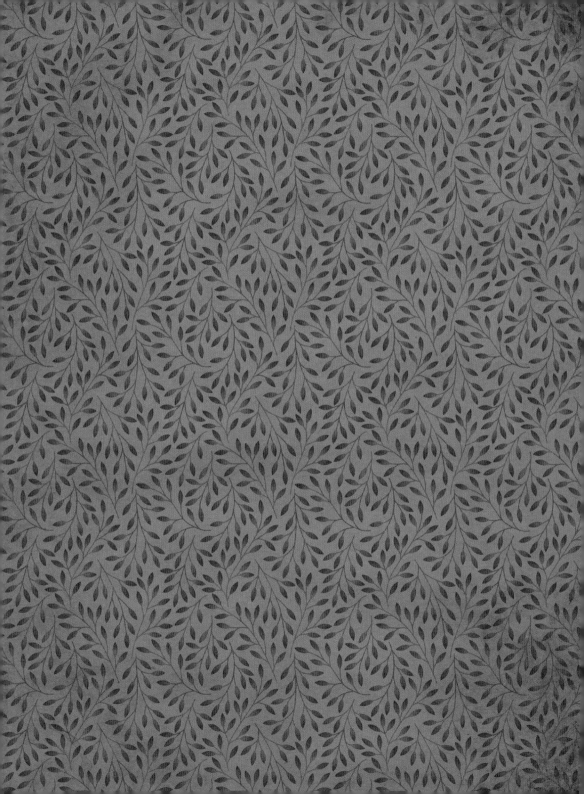

はじめに

『ホビット──ゆきてかえりし物語』と『指輪物語』に登場する戦士、英雄、大きい人、小さい人、人間、ドワーフ、魔法使い、ホビットはみな食べたり飲んだりすることが好きなようだ。目がないと言ってもいいかもしれない(特にホビットはそうだ)。朝食、二度目の朝食、昼食、夕食、祝宴の場面はたくさん出てくるし、旅人のための携行食から不思議な力をもたらす飲み物にいたるまで、多くの食べ物が描かれている。

　しかし、トールキンは食べ物を単なるエネルギー源としては見ていないようだ。食事の場面の多くは細かく書きこまれ、愛情に満ちている。登場人物もその生みの親も、飲み食いを本当に楽しんでいるのがわかる。大切な友人であり主人でもあるフロドを元気づけるために、サムが荒野でつくった温かい兎肉シチューを忘れてしまう読者がいるだろうか。変身するビヨンの蜂蜜ケーキや蜂蜜酒、トム・ボンバディルとゴールドベリのごちそうはどうだろう。この点について、トールキンの手腕がいかんなく発揮されている場面がある。そう、『ホビット』冒頭に描かれる思いがけないお客たちの宴だ。そこではおいしそうなケーキやパイなどのごちそうが山のように出てくる。

　トールキンの物語にちりばめられた食べ物には、さらに重要な側面がある。ある意味、それは物語の流れをつくっているのだ。『ホビット』も『指輪物語』も、これから始まる冒険をまえに、家庭的な食事を囲む場面から幕をあける。物語を通じてこのパターンは繰り返され、危険でスリル満点な場面のまえにはおいしい食事を味わう休息の場面が頻繁に出てくる。こうして読者は息をのむ緊張感と至福の時を交互に味わうことになる。また、ときに食べ物は感動をもたらしてくれる。サムの兎肉シチューはフロドへの愛であり、絶望のなかで故郷を思い出させて希望を抱かせるものだった。

さけ谷

トールキン作品のなかの食べ物は、仲間と友情、愛と希望、そして、おそらくもっとも大切なものとして、故郷（ホーム）を表現している。だから、エルフのレンバスに超自然的な力があっても驚きはない。

　本書には、『ホビット』と『指輪物語』に出てくる食べ物や料理にヒントを得たレシピをたくさん収めた。ビルボがお茶会で出したポークパイ（p.60）、サムの兎肉シチュー（p.154）、ビヨンの蜂蜜ケーキ（p.26）などは、作品のなかの料理をある程度まで再現している。一方で、登場人物や種族や場所に敬意を表しながら、想像力を働かせてつくったレシピもある。焰（ほのお）を負ったバルログにヒントを得た焰のスタッフドペッパー（p.82）や、エルフの港に敬意を表した灰色港のムール貝のガーリック焼き（p.94）などがそれだ。

　レシピはホビットの一日6回の食事——朝食、二度目の朝食、11時（イレブンジズ）の軽食、昼食、アフタヌーンティー、夕食——にそってまとめたが、当然ながら、その時間に限定されないメニューもたくさんある。最後は飲み物をまとめた。トールキンの物語のなかでは、飲み物も食べ物と同じように重要な役割を果たしている。

　こうしたことを念頭に置いて、さあ、ミドルアース（中つ国）の味覚を探しに行こう。これらのレシピで紹介したおいしい料理の数々を実際につくってみて、新たな発見を楽しみ、そしてもちろん味わってもらいたい。どの料理を選んでも、それはあなたをトールキンの物語の世界にいざなってくれるだろう。

ホルマン・グリーンハンド、ホビットの庭師

朝食

BREAKFAST

トールキンのホビットは、一日の始まりには
たっぷりの朝食をとりたいと思っている。
おなかをすかせたまま出かけるなんて悲しくなる。
もちろん、それは賢い選択だ。
ただし、ビルボの好きなベーコン・エッグと
紅茶と熱々のバタートーストよりも、
健康的なメニューもたくさんある。

ポリッジ

　食物繊維、各種栄養素、炭水化物を含んだ熱々のポリッジは、一日を始めるにあたってエネルギーを補給するのに最適だ。栄養や風味を加えたければ、ミドルアースを思わせる〈トッピングのアイデア〉を参考に加えてほしい。

　　ホビットたちがオーツ麦と水でつくった即席のおかゆのように、長旅をしながら疲れた旅人がつくる朝食と違って、牛乳、蜂蜜、果物、ジャム、ナッツなどがふんだんにある家でつくるポリッジは、豪華な朝食になる。ホビットにもドワーフにも人間にもぴったりだ。

材料／4〜6人分
調理時間／15分
牛乳あるいは代替ミルク…1ℓ
水……500ml
バニラエクストラクト……小さ
じ1
シナモンパウダー……少々
塩……少々
オートミール……200g

〈作り方〉

1. 大きな鍋に牛乳、水、バニラエクストラクト、シナモン、塩を入れて中火にかけ、ゆっくり沸騰させる。オートミールを入れて混ぜ、火を弱めて、ときどきかき混ぜながら8〜10分ほど、やわらかくなるまで煮る。

2. ポリッジをボウルによそい、好きなトッピングをかける。

トッピングのアイデア

ビヨン風:蜂蜜を垂らして、ナッツとひとつかみのベリーを散らす。

ホビット風:「ダンブルドア」のブルーベリーと蜂蜜のジャム（p.115）か、スモモのスパイシージャム（p.118）、あるいは生クリームをのせる。

ドワーフ風:ドライフルーツとナッツを刻んでかける。

ローハン風:皮をむいて芯を取ったリンゴ2個を刻み、ブラウンシュガーと水で煮て、トッピングにする。

ヌーメノール風:メープルシロップを垂らし、粗く刻んだイチジクとシナモン少々を加える。

ゴンドール風:種を取った桃をスライスして軽く焼いて、少量の生クリームといっしょにポリッジにのせる。

旅人のオーバーナイト・オーツ

材料／1人分
所要時間／15分
（一晩寝かせる時間を除く）
オートミール……50g
牛乳……110〜120ml
プレーンヨーグルト……大さじ
1（＋お好みで仕上げ用に適量）
蜂蜜かメープルシロップ……
適量
果物……お好みで仕上げ用に
適量

アレンジ用
◆シナモン（小さじ¼）とブルーベ
リー
◆ラズベリーとチョコレートチッ
プ
◆ココアパウダー（大さじ½）とサ
クランボ
◆乾燥ココナッツ（大さじ½）とイ
チゴ

　簡単につくれて持ち運びに便利なこの朝食は、乳製品を使わないミルクとヨーグルトを使えばビーガン用にできる（オートミールとココナッツも合う）。自分の好みに合わせていろいろアレンジしてみてほしい。たとえば、ナッツやシード、刻んだリンゴや洋ナシ、ドライフルーツを加えてみてはいかがだろうか。

　　長距離を移動するとき、オーツ麦などの穀物は携帯するのに便利だ。乾燥させておけば長期間持つし、簡単でおなかにたまる食事になる。トールキンの英雄たちは、自分だけではなく馬や仔馬に食べさせるためにも、ある程度の量の穀物を持って長旅に出たようだ。

〈作り方〉

1. オーバーナイト・オーツの基本の材料をすべて、適当な容器かガラスの瓶に入れて混ぜる。お好みでアレンジ用の材料を加えて混ぜ、一晩冷蔵庫で寝かせる。
2. 食べるときにお好みで果物やヨーグルトを足す。

スモーキーなベイクドビーンズ

　ほっとする味で食べ応えのあるベイクドビーンズは、イギリス式にバタートーストにのせて朝食に食べてもいいし、ベイクドポテトにかけて、すりおろしたチーズを少し散らして食べてもいい。冷凍できるので一度にたくさんつくってみてはいかがだろうか。

　ミドルアースの食べ物はシンプルで、食べ応えがあっておいしいものが多い。トーストにのせるベイクドビーンズはアメリカではあまり食べられないが、イギリスでは国の食文化を形づくる、なくてはならないメニューの一つだ。トールキンがミドルアースを創造するなかで目指したのは、イングランドの神話をつくりあげることだった。だから、時代を超えたイングランドやイギリスの文化を作品に織りこんだ。食べ物はその一つなのである（p.140のフィッシュ・アンド・チップスもその一例だ）。

材料／4人分
所要時間／45分
菜種油……大さじ2
赤タマネギ……1個（くし形に切る）
トマト缶（カットトマト）……400g
トマトピューレ……大さじ2
マスコバド糖（ダーク）……大さじ2
赤ワインビネガー……大さじ3
スモーク・パプリカパウダー……小さじ1
マスタードパウダー……小さじ1
野菜スープストック……275ml
インゲン豆かカネリーニ豆の缶詰……400g×2缶（水を捨てて洗う）
塩、コショウ
刻んだイタリアンパセリ……大さじ2（飾り用）

〈作り方〉

1. 鍋に油を入れて火にかけ、タマネギを入れてしんなりするまで3分ほど炒める。トマト、トマトピューレ、砂糖、ビネガー、パプリカパウダー、マスタードパウダー、スープストックを加える。かき混ぜながら沸騰させ、それから火を弱めて、ふたをせずに水分を蒸発させながら20分ほど煮込む。

2. 水気を切った豆を入れたら、ふたをして15〜20分、とろみがつくまで煮込む。塩コショウで味をととのえる。トーストかベイクドポテトにのせて、刻んだパセリを散らす。

ベーコンとキノコのオムレツ

　ベーコンが焼ける音とにおいは、朝を特別なものにしてくれる。ベーコンは少しあれば十分だし、もしオムレツが残れば、冷たいままでサラダを添えてランチにして楽しめる。

　『ホビット』のビルボのベーコン好きは、群を抜いている。谷の人間、エルフ、ドワーフのあいだで争いが起きないように、宝石アルケンストンを弓の名人バードとエルフ王にこっそり渡したあと、ビルボははなれ山の門の見張りの任務に戻り、すぐに居眠りをして、ベーコンと卵の夢を見る。宝物を盗んだり、ドラゴンに対峙するというスリルを味わったあとでさえ、ビルボにとってはこうしたささやかなものが大事なようだ。

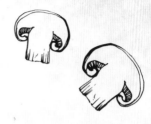

材料／4人分

所要時間／45分

ポートベロマッシュルーム……
8個(全部で約500g)

ニンニク……1片(みじん切りにす
る、入れなくても可)

オリーブオイル……適量

ロースベーコンの薄切り……4
枚

卵(Lサイズ)……6個

刻んだチャイブ……大さじ1(＋
飾り用に適量)

粒マスタード……大さじ1

バター……ひとすくい

塩、黒コショウ

〈作り方〉

1. マッシュルームを天板にのせて、もし使うのであればニンニクをか
   ける。オリーブオイルを垂らし、塩、コショウをして、あらかじめ
   180℃に予熱しておいたオーブンに入れて18〜20分、やわらかく
   なるまで加熱する。そのまま冷ます。

2. そのあいだにベーコンをアルミホイルを敷いたグリルパンに並べて、
   あらかじめ中程度の温度に予熱しておいたグリルに入れて、5〜6
   分焼く。途中、一度ひっくり返して、カリッとさせる。粗熱を取っ
   てから、大きめに切る。

3. ボウルに卵を割り入れ、チャイブとマスタードを加えて軽くかき混
   ぜ、コショウを入れる。

4. 耐熱ハンドルつきのくっつかないフライパンを温めてバターを入れ、
   バターが溶けて泡立ちはじめるまで加熱する。

5. 卵液を注ぎ、1〜2分加熱する。それから2のベーコンを散らし、
   1のマッシュルームをカサを下にして入れる。ほぼ固まるまで2〜
   3分さらに火を通す。

6. フライパンを予熱したグリルに入れて、完全に固まるまで2〜3分
   加熱する。粗熱が取れたら、刻んだチャイブを散らす。切り分けて
   盛りつける。

ジャガイモとキャベツのフライパン焼き

イギリスではバブル・アンド・スクイーク（キャベツを炒めるときの音からこの名前がついた）と呼ばれる、このボリュームのある料理は残り物を活用してつくる。冷蔵庫のなかで使い道のない調理済みの野菜（豆、ニンジン、芽キャベツ、リークなど）があれば、どんどん加えてみよう。

「とっつぁん」ことハムファスト・ギャムジーは、サムワイズ・ギャムジーの父で、息子が継ぐまで、ビルボの庭師をしていた。若いサムが夢中で聞いたように、ふくろの小路屋敷でビルボが語る信じられないような話は人を魅了する。それに対してサムの父は声をあげる。「ホビットにはエルフやドラゴンよりジャガイモとキャベツのほうが似合っている!」

材料／4人分
所要時間／15分
バター……大さじ1
ベーコンの薄切り……4枚（刻む）
タマネギ……1個（みじん切りにする）
ニンニク……1片（みじん切りにする）
炒めた千切りキャベツ……350g
マッシュポテト……400g

〈作り方〉

1. フライパンにバターを溶かし、刻んだベーコンを入れる。色づきはじめたら、タマネギとニンニクを入れる。
2. キャベツを入れて、少し色づくまで5〜6分炒める。マッシュポテトを加えて混ぜ合わせ、広げて形をととのえる。
3. 底がキツネ色になり、フライパンにくっつきそうになるまで焼いてから、パンケーキのようにひっくり返して反対側もキツネ色になるまで焼く。
4. 底フライパンから移して、切り分ける。

旅人のオールインワン朝食

このレシピは熱いコーヒーを片手に食べれば完璧だ。この手間いらずのベジタリアン向けの朝食は、ロースト皿1枚でつくってそのままテーブルの真ん中に置いて、めいめいが好きに取って食べるといいだろう。

トールキンの物語は、長い旅とその途中で食べる食べ物で成りたっている(p.70)。この朝食レシピは、キャンプやたき火でつくる料理をヒントに考案した。ロースト皿1枚でできるが、一日のエネルギー源となる腹持ちのいい材料を用いたこの朝食は、道を行くあらゆる旅人を満足させるだろう。

材料／4人分
所要時間／45分
ゆでたジャガイモ……500g(角切りにする)
オリーブオイル……大さじ4
枝付きのタイム……数本
ボタンマッシュルーム……250g(石づきを切り落とす)
ミニトマト……12個
卵……4個
塩、黒コショウ
刻んだパセリ……大さじ2(飾り用)

〈作り方〉

1. 角切りにしたジャガイモを大きなロースト皿に広げる。オリーブオイルをまわしかけ、タイムを枝付きのまま散らし、塩コショウをする。

2. 220℃に予熱したオーブンで10分焼く。ジャガイモを混ぜてから、マッシュルームを加え、さらに10分加熱する。トマトを加えてオーブンに戻し、また10分加熱する。野菜のなかに4つのくぼみをつくり、そこに慎重に卵を割り入れる。オーブンに戻して卵が固まるまで3〜4分焼く。

3. パセリを振って、ロースト皿から直接取り分ける。

エレボールへの遠征

ベレンのポテトパン

　このユニークなパンは、タイムを入れたトマトの果汁を味わいながら食べると最高だが、アップルシナモンソース（p.44）を塗って食べてもおいしいし、軽くトーストしてバターを塗って物語のスープ（p.86）といっしょに味わうのもいい。

　『シルマリルの物語』に登場する人間のなかで、もっとも偉大な英雄はおそらくベレンだろう。モルゴスの王冠からシルマリルを奪い、巨狼カルハロスを倒し、死からよみがえったたった1人の人間である。興味深いことに、彼はトールキン作品の登場人物のなかで数少ない菜食主義者の1人でもある。孤独な放浪者として生きるなかで、自分を助けてくれる動物を大切に思い、肉を食べることをやめたのだ。

材料／4人分
所要時間／4時間
ジャガイモ……375g（皮をむき、適当な大きさに切り分ける）
インスタントドライイースト……小さじ1
グラニュー糖……小さじ1
ヒマワリ油……大さじ1（＋塗るために適量）
強力粉……200g（＋打ち粉用に適量）
強力全粒粉……100g
刻んだローズマリー……大さじ2
タイムの葉……大さじ1
塩、黒コショウ

トッピング用
オリーブオイル……大さじ2
色とりどりのミニトマト……250g（半分に切る）
タイムの葉……小さじ½
フレーク海塩……小さじ½
コショウ

〈作り方〉

1. 大きな鍋に少し塩を入れた水を沸かし、ジャガイモを15〜20分、崩れない程度にゆでる。鍋からあげてよく水気を切る。ゆで汁は取っておく。

2. 大きなボウルにゆで汁を大さじ6入れてぬるくなるまで冷ます。ドライイーストを振り入れ、砂糖を入れてかき混ぜてから10分置く。

3. ジャガイモにヒマワリ油を入れてつぶし、2を入れて木べらでよく混ぜる。小麦粉、ハーブ、塩、コショウを加えて、軽く打ち粉をしたところに出して、粉っぽさがなくなるまでこねる。やわらかくなるまでこねてから、薄く油を塗ったボウルに移し、ラップをかけて暖かい場所に1時間置いて発酵させる。

4. 打ち粉をしたところで3の生地をこね、丸く形をととのえてから、天板にのせ、油を塗ったラップを軽くかける。十分にふくらむまで30分暖かい場所に置いておく。生地の表面にナイフで十字の切り込みを入れる。220℃に予熱したオーブンに入れ、ふくらんで表面がパリッとするまで35〜40分焼く。

5. 網に移し、30分冷ます。4枚に切り分け、軽くトーストする。

6. 冷ましているあいだに、トッピングをつくる。フライパンにオリーブオイルを熱し、トマトを入れ、やわらかくなるまで強火で2〜3分炒める。タイムとフレーク海塩を入れて混ぜる。コショウを振り、トーストしたポテトパンといっしょに盛りつける。

洋ナシとクランベリーのマフィン

このクランベリーをちりばめたマフィンは時間のない朝にぴったりだ。ふんわり軽いマフィンをつくるコツは混ぜすぎないこと。なめらかになるまで生地をかき混ぜたくなるが、軽く混ぜるだけでいい。かたまりが残っても焼いているときになくなるので、そのままにしておこう。

ミドルアースの歴史には、シルマリルからアルケンストンまでたくさんの宝石が出てくる。そうした宝石が豊富にある場所の一つが、白の山脈のヘルム峡谷にある燦光洞——シンダール語でアグラロンド——だ。ドーム状の高い天井、砂の床、宝石、水晶、鉱脈が輝く壁を見て、ドワーフのギムリがその美しさに驚き、指輪戦争のあとにそこに戻って新しいドワーフ王国をつくったのも不思議はない。

このマフィンは赤いクランベリーがちりばめられ、燦光洞の宝石のように輝いている。キツネ色は砂地を表現している。

材料／12個分
所要時間／35分
ドライクランベリー……40g
お湯……大さじ2
熟した洋ナシ(小)……3個
中力粉……300g
ベーキングパウダー……小さじ3
シナモンパウダー……小さじ1
ナツメグパウダー……小さじ½
グラニュー糖……125g(＋振りかけるために適量)
バター……50g(溶かす)
オリーブオイル……大さじ3
卵……3個
プレーンヨーグルト……150g

〈作り方〉

1. クランベリーをカップに入れ、お湯を加えて10分浸す。そのあいだに洋ナシを4等分し、皮をむいて芯を取り、角切りにする。

2. ボウルに小麦粉、ベーキングパウダー、スパイス、砂糖を入れる。別のボウルに溶かしたバター、オリーブオイル、卵、ヨーグルトを入れて泡だて器で混ぜてから、先に合わせた小麦粉を加える。

3. クランベリーの水気を切って、洋ナシといっしょに生地に加えて軽く混ぜる。マフィンの焼き型（12個）に紙のマフィンカップをセットして生地を流しこみ、グラニュー糖を振る。

4. 200℃に予熱したオーブンに入れ、ふくらんでキツネ色になるまで15〜18分焼く。

5. 型に入れたまま5分冷まし、それから網に移す。温かいうちに食べても、冷めてから食べてもおいしいが、つくったその日のうちに食べるほうがいい。

ビヨンの蜂蜜ケーキ

朝食にもおやつにもなるこの蜂蜜ケーキは、熟しすぎたバナナを消費するのにちょうどよい。

『ホビット』で、ビルボたちは「毛皮をかえる」ビヨンに出会う。一党のリーダーでもあるビヨンは、腕利きの料理人でもあるようだ。ビヨンという名前は、もう一つの姿である熊（スカンジナビア語でBjörnは熊を意味する）だけではなく、養蜂への情熱も示している（熊は蜂蜜が大好きだから）。蜂蜜ケーキはビヨン自慢の一品で、エレボールに向かうトリンとその仲間にもふるまわれる。ビヨンのレパートリーには、二度焼きしたビスケットもある（p.114）。

材料／12個分

所要時間／45分

中力粉……125g

ベーキングパウダー……小さじ1

重曹……小さじ¼

バター(食塩不使用)……75g(溶かす)

マスコバド糖(ライト)……75g

卵……2個(溶いておく)

完熟したバナナ(小)……2本(つぶす)

蜂蜜……大さじ4

〈作り方〉

1. マフィンの焼き型(12個)に紙のケーキカップをセットする。

2. 小麦粉とベーキングパウダーと重曹をボウルにふるう。

3. 別のボウルに溶かしたバター、砂糖、卵、つぶしたバナナを入れて混ぜる。2の粉を加えて、均一になるように軽く混ぜる。生地をカップに入れる。

4. 160℃に予熱したオーブンで20〜25分焼く。生地がふくらんで、触ってみて硬くなっていれば焼きあがり。

5. 網に移し、それぞれに小さじ1の蜂蜜をかける。温かいうちに出しても、冷めてから出してもいい。

ビヨン一党

ホビットと食べ物

　ホビットは食べるのが好きだ。おなかいっぱい食べられるかどうかを気にするところは、低い背丈と毛の生えた足と同じように、彼らの特徴と言っていいだろう。料理は食べるだけではなく、つくるのも得意で、読み書きよりも先に習う（読み書きができる者であれば）。サムは私たちが出会うホビットのなかで最高の料理人だろう。野山で手に入るものを使って即席でごちそうをつくることができる（p.154の有名な兎肉シチューを参照のこと）。一方、ビルボもパンやお菓子を焼くことにかけてはかなりの腕前のようだ。

　トールキンはご存じのとおり、『指輪物語』の序章でホビットと食べ物の関係について触れ、彼らが笑いと食べ物の両方を愛し、「食べ物が手に入るときには」喜んで一日6回の食事をとると記している。トールキンによれば、第3紀の終わりごろには、ホビットが住むホビット庄ではたっぷり食べるのがふつうとなり、疫病の流行のあとに起きた大飢饉（1158～60年）はすでに遠い過去の出来事となっていた。

　トールキンの物語に登場するホビットたちから判断するに、彼らは一日6回の食事という習慣を守っているようだ。みんなすこしぽっちゃりしていて——なかにはフレデガー・"でぶちゃん"・ボルジャーのように「ぽっちゃり」を超えた者もいる——、

よく食べてよく語り、食事のことをよく考えている。トールキンは『ホビット』と『指輪物語』のなかで、ホビットたちがたっぷりした食事を前に歓喜する場面や、ミドルアースの荒野で次の食事はどうしようと心配する場面をよく描いている。

　ホビットのメニューは素朴なものが多い。ビルボの思いがけないお客たちの宴は、ホビットのふだんの食事をあますことなく描いている（たくさんの棚を備えたホビットの食料庫にどれだけの食べ物が詰まっているかも）。お客の要望に応えて、ビルボはシードケーキ、バターを塗ったスコーン、ラズベリージャム、アップルタルト、冷たい蒸しチキン、卵、ピクルス、サラダ、「余分なケーキを一、二個」用意し、お客たちはそれらすべてをエール、黒ビール、ワイン、紅茶、コーヒーで流しこむ。

　これらはトールキン自身の子供時代（1890年代から1900年代）、つまりヴィクトリア朝後期からエドワード7世時代という少なくともそれなりに豊かだった時代の食べ物で、おなかいっぱいになる素朴な料理の数々だ。たくさんの文化が共存する現代のイギリスにおいても、お茶と夕食がいっしょになったビルボの宴は郷愁を誘う。そしてそれは、『ホビット』と『指輪物語』で描かれるほかの食事の基準にもなっている。

二度目の朝食
SECOND BREAKFAST

『ホビット』のはじめのほうで、ビルボ・バギンズは、
前日の午後に訪ねてきて家の食べ物を食べつくした
ドワーフの一団からやっと解放されたと思って、
「ささやかな、すてきな」二度目の朝食をとろうとするが、
ガンダルフがやってきて冒険の旅に出ることになる。
二度目の朝食を私たちの世界に当てはめるなら、
それは午前中を乗り切るために口にするおやつかもしれないが、
週末にたっぷりしたものを用意すれば
「ブランチ」になるだろう。

マゴット爺さんのキノコトースト

抗酸化作用があり、体に必要なビタミンDを含む数少ない食材の一つでもあるおいしいキノコは、健康的な朝食にもってこいだ。

『指輪物語』の冒頭で、フロドとその仲間たちがホビット庄の田舎を行く場面では、黒の乗り手が迫ってくるものの、穏やかでのどかなホビットの暮らしが伝わってくる。ここで象徴的なのが、沢地にあるお百姓のマゴット宅での夕食のシーンだ。ホビットたちは農家自慢のおいしいキノコ料理をたっぷりいただく。

材料／4人分
所要時間／15分
バター……大さじ2
エクストラバージンオリーブオイル……大さじ3（＋仕上げ用に適量）
キノコいろいろ……700g（ヒラタケ、シイタケ、フラットマッシュルーム、ボタンマッシュルームなど。石づきを切り落とし、スライスする）
ニンニク……2片（つぶす）
刻んだタイム……大さじ2
すりおろしたレモンの皮と果汁……1個分
刻んだパセリ……大さじ2
サワードウブレッド……4枚
ミックスリーフ……30g
塩、黒コショウ
パルメザンチーズ（仕上げ用）

〈作り方〉

1. フライパンにバターとオリーブオイルを入れて火にかける。バターが泡立ったところでキノコ、ニンニク、タイム、レモンの皮、塩、コショウを入れて、中火で混ぜながら4〜5分、やわらかくなるまで炒める。パセリを振って、レモンを少ししぼる。

2. 炒めているあいだにサワードウをトーストし、お皿に並べる。

3. サワードウの上にリーフとキノコを同量ずつのせ、さらにオリーブオイルとレモン果汁をかける。パルメザンチーズをすりおろしてかけ、すぐにいただく。

ドラゴンエッグ

　このドラゴンエッグのまだらに入ったギザギザ模様は、見るだけでわくわくする朝のおやつになる。中華料理にヒントを得た味付けで、食べてもおいしい。

　ドラゴンはミドルアースでもっとも獰猛な生き物だ。狡猾なグラウルングから、最強の黒龍アンカラゴン、はなれ山にいる赤みがかった金色のスマウグにいたるまで、トールキンのドラゴンは恐るべき破壊力を持っている。卵からかえるまえに食べて、暗黒の生き物を倒そう。

材料／4人分
所要時間／2時間半（+漬け込み時間が8～12時間）

卵……8個
水……625ml
ライトソイソース……大さじ1
ダークソイソース……大さじ1
紅茶の茶葉……大さじ2
八角……2個
シナモンスティック……1本
オレンジの皮のすりおろし……大さじ1
塩
しゃきしゃきしたレタスの葉（盛りつけ用）

〈作り方〉

1. 大きな鍋に小さじ1の塩といっしょに卵を入れ、かぶるくらいの水を入れる。沸騰させてから火を弱め、12分ゆでる。卵を取り出して冷ます。冷めたらスプーンの裏で全体をたたき、割れ目を入れる。ただし、殻はむかない。

2. 計量した水、ソイソース、小さじ¼の塩、茶葉、八角、シナモンスティック、オレンジの皮を大きな鍋に入れる。沸騰させてから火を弱め、ふたをして2時間煮詰める。火からおろし、卵を入れてそのまま8～12時間漬けておく。

3. 卵の殻をむいて半分に切る。しゃきしゃきしたレタスの葉を添えて、ドラゴン風ブランチの出来上がり。

ホウレンソウとサツマイモの焼き団子

　週末のブランチは、ゴマをまぶしたクリスピーな焼き団子に、ディップとしてポーチドエッグを添えて華やかにいこう。スパイシーにしたければ、刻んだ赤トウガラシを生地に加えるとよい。

　定番のハッシュポテトに似たこの料理は、春の新鮮なグリーン野菜を利用する。ビルボの庭師、「とっつぁん」ことハムファスト・ギャムジーなら、一年中おいしいホウレンソウを育てただろう。

〈作り方〉--

材料／4人分
所要時間／1時間
サツマイモ……375g(適当な大きさに切り分ける)
サラダホウレンソウ……40g
ワケギ……4～5本(小口切り)
サヤエンドウ……135g(千切りにする)
コーン……75g
ゴマ……大さじ3
中力粉……35g
オリーブオイル(焼き用)
塩、黒コショウ

1. 大きな鍋に水と塩を入れて沸かし、サツマイモを入れて20分ほどやわらかくなるまで煮る。水を捨てて、水分をとばすように混ぜながら、弱火で1分ほど火にかける。フォークで粗くつぶす。

2. ホウレンソウの葉をざるに入れ、沸騰したお湯をかける。冷水に取り、しぼる。しんなりしたホウレンソウをサツマイモに加え、さらにワケギ、サヤエンドウ、コーンを入れる。塩、コショウで味をつけ、冷めるまで置いておく。

3. サツマイモの生地を手で12等分して平たく形をととのえる。ゴマと小麦粉を混ぜ、まとめた生地にまぶす。

4. くっつかない大きなフライパンにオリーブオイルを少し引き、煙が立たない程度に熱する。まず4つを入れて中火で4～5分焼く。底がカリッとするまで焼いたら、崩れないように注意しながら裏返して、裏側も4～5分焼く。すべてを同じように焼く。焼きあがったものは保温しておく。2回目以降は、必要であれば焼きはじめるときにオリーブオイルを足す。

ロスティのサルサソース添え

　ロスティならジャガイモを存分に味わえる。ここでは刺激的なサルサソースで現代的なひねりを加える。シンプルにいただくなら、サルサソースを使わずに、焼いたトマトとマッシュルームを添えて召し上がれ。

　トールキンが『ホビット』を改訂するときに、もともとアメリカの作物だからという理由でトマトの記述を削除したことはよく知られている。ところが、同じアメリカの作物であるジャガイモはそのままにされた。サムは、ゴンドールとモルドールのあいだに位置する、かつては美しかった土地イシリエンで、ジャガイモのことを愛しそうに「じゃが」と言い、(ニンジンやカブと同じように)自生していることを期待する。サムだったら、正統とは認められないトマトとアボカドのサルサソースに驚いたとしても、この料理を気に入っただろう。

材料／4人分
所要時間／45分
ゆでたジャガイモ……5、6個
（ユーコンゴールドなど）
ワケギ……6本（細かく刻む）
ニンニク……2片（みじん切りにする）
卵（Lサイズ）……1個（軽く溶いておく）
ヒマワリ油……60ml

サルサソース用
プラムトマト……2個（種を取り、粗く刻む）
赤トウガラシ……1本（種を取り、細かく刻む）
赤タマネギ（小）……1個（半分に切って薄くスライスする）
細かく刻んだコリアンダー……⅓カップ
アボカド……2個（皮をむいて種を取り、適当な厚さにスライスする）
ライム果汁……2個分
アボカドオイル……大さじ1
塩、コショウ

〈作り方〉

1. ジャガイモの皮をむいて粗めにすりおろす。ワケギ、ニンニク、卵を加え、均一になるように手で混ぜる。

2. くっつかない大きなフライパンを強火で熱し、ヒマワリ油の半分を入れる。

3. 生地を8等分する。まずは4つをスプーンですくってフライパンに落とし、それぞれ直径8〜10cmくらいの円形になるように押しつける。両面をそれぞれ3〜4分焼き、崩れないように注意しながらくっつかない天板に移しておく。残りのヒマワリ油で、同じように焼く。

4. サルサソースをつくるのであれば、すべての材料をボウルに入れて混ぜる。食べるときまで置いておく。

5. ロスティにサルサソースを添えて出す。

旅の一行がさけ谷に到着

バノック

　バノックとはスコットランドに起源を持つ、鉄板で焼いた平たいパンのこと。香りのよいクミンシードを使ったこのバノックには、グースベリーとローズマリーのジェリー（p.46）やバターを添えるといいだろう。甘くしたければ、クミンシードの代わりにひとつかみのレーズンを生地に加えるとよい。

　トールキンによるエルフの食べ物の設定は、時間の経過とともに変わっていったようだ。読者は『ホビット』と『指輪物語』でずいぶん違った印象を持つかもしれない。『ホビット』で、ビルボとガンダルフとドワーフはさけ谷のエルロンドの邸宅まであと少しというところで、エルフの集まりに出くわす。すると、エルフはこの意外な訪問者の一団を見て、歌をうたってこんなふうにからかうのだ。「ホビットとドワーフたちは夕食を求めてやってきたに違いない。だって、家ではまきが燃やされ、バノックが焼きあがるから」。バノックと聞けば、エルフらしからぬ素朴な食べ物だと思う人もいるだろうが、スコットランド人以外の読者なら、そもそもバノックがどんなものだかわからずにとまどうかもしれない。

材料／8枚分
所要時間／1時間(発酵時間を
除く)

強力粉……450g(+打ち粉用に
適量)

コーンミール……60g

インスタントドライイースト……
小さじ1・½

塩……小さじ1

ぬるま湯……375ml

オリーブオイル……85ml

クミンシード……小さじ1(+仕上
げ用に適量)

フレーク海塩(仕上げ用。お好みで)

〈作り方〉

1. 小麦粉、コーンミール、ドライイースト、塩をボウルに入れて混ぜ
   る。計量したお湯、オリーブオイル大さじ3、クミンシードを加え、
   混ぜてまとめる。

2. 生地を電動ミキサーで5分、あるいは小麦粉を振った手で10分こね、
   やわらかく弾力がある状態にする。オイルを塗ったボウルに移し、
   ラップをかけて暖かい場所に1時間ほど、生地が2倍の大きさにな
   るまで置いておく。

3. 打ち粉をしたところに生地を取り出し、たたいてこねるを数回繰り
   返して空気を抜く。生地を8等分する。オイルを塗ったラップでふ
   んわりと覆っておく。それぞれを6〜7mmの厚さになるまでのばす。

4. グリルパンを煙が出るまで熱する。生地に軽くオイルを塗って数回
   に分けて焼く。片面3〜5分ずつ、軽く焦げ目がつくまで火を通す。
   大きめに割いて、クミンシードとお好みでフレーク海塩をかけ、温
   かいうちにいただく。

森の果物のブルスケッタ

　フェタチーズの塩気とクレソンの苦みがベリーの甘さを際立たせる、この夏らしいブルスケッタは、さわやかなブランチメニューになるだろう。シーズンであれば、イチゴの代わりに桃4個を半分に割って種を取り、スライスして使ってもよい。

　『指輪物語』で忘れがたいシーンの一つに、ホビットが謎めいたトム・ボンバディルとその妻ゴールドベリに出会うところがある。トムが古森（ふるもり）の柳じいからホビットを助けたあと、夫婦は暖かい安全な場所を提供し、夕食として「パン、バター、ハーブ入りのチーズ、摘んできた完熟ベリー」をふるまう。

　ここではこれらの材料をヒントに、見た目も美しいおいしいベリーのブルスケッタをつくる。基本のトマトでつくるブルスケッタとは一味違った、洗練された一品だ。

材料／6人分
所要時間／20分
サワードウのバゲット……2本（スライスする）
エクストラバージンオリーブオイル……大さじ2
イチゴ……250g（へたを取って粗く刻む）
ブルーベリー……たっぷりひとつかみ
フェタチーズ……135g（砕いておく）
クレソン……数本

〈作り方〉

1. バゲットを1〜2cmの厚さに切る。天板に並べ、オイルを垂らす。200℃に予熱したオーブンで10〜12分、色づくまで焼く。

2. オーブンから取り出し、イチゴ、ブルーベリー、フェタチーズをのせ、お好みでクレソンを飾る。

デーツバー

　持ち運びしやすいこのバーは、忙しい朝の食事や午前中のおやつに最適だ。デーツはほかのドライフルーツに替えてもいい。アプリコット、チェリー、クランベリー、ブルーベリーなどを試してみてほしい。

　ハラドのさすらいの民が食べた、デーツたっぷりのバーなら、食べればすぐに元気になりそうだ。彼らはゴンドールの南にある砂漠や係争地を旅していたのだから。

〈作り方〉

材料／16本分
所要時間／45分
バター（食塩不使用）……110g
グラニュー糖……80g
蜂蜜……大さじ1
種抜きデーツ……75g（刻む）
ベーキングパウダー入り小麦粉……140g
スティールカットオーツ……1カップ
ゴマ……大さじ5%

1. 18×28cmの浅型に油を塗る。
2. 鍋にバター、砂糖、蜂蜜を入れ、バターが溶けるまでゆっくり加熱する。溶けたら火からおろし、デーツを入れる。
3. ボウルに小麦粉とオートミールを入れる。ゴマを一部（大さじ2）を残して入れ、溶かしたバターを加えてよく混ぜる。
4. 生地を型に入れ、水平にならす。取っておいたゴマを振る。
5. 180℃に予熱したオーブンで20〜25分焼く。キツネ色になり、触ってみて硬くなっていれば焼きあがり。そのまま冷ましてから、カッティングボードに移して16本に切り分ける。

43

アップルシナモンソース

　これはいろいろ使える万能レシピで、トーストやスコーン、マフィンに塗ってもいいし、チーズやクラッカーに添えてもいい。パンケーキやワッフルに落としてもおいしいし、p.12のポリッジに混ぜても、p.14の旅人のオーバーナイト・オーツに加えてもいい。

　このレシピは、『指輪物語』のある場面がヒントになって生まれた。ホビットたちと新しい仲間の馳夫がブリー村を発つとき、生垣越しに覗いていた、しだ家のビルに向かってサムはリンゴを投げつける。おいしいリンゴだったのにもったいないから、ここでは有効利用しようと思う。

44

材料／3〜4瓶分

所要時間／2時間

料理用のリンゴ……950g（粗く刻む）

シナモンスティック……1本

挽きたてのナツメグ……小さじ1

レモン……1個（刻む）

水……500ml

グラニュー糖……約680g

〈作り方〉

1. 大きな鍋にリンゴ、スパイス、刻んだレモン、水を入れる。沸騰させてから火を弱め、ふたをして1時間、リンゴが崩れるまで煮る。

2. 数回に分けてフードプロセッサーにかける。

3. さらに裏ごしし、できたピューレを計量してからきれいな鍋に入れる。ピューレ1ポンド（約450g）に対して砂糖を400g加え、弱火で常にかき混ぜながら砂糖が完全に溶けるまで煮る。中火にして、こまめにかき混ぜながら半分くらいの量になるまで30分ほど煮る。とろみとつやが出て、木のスプーンですくうとゆっくりと落ちるようになる。

4. レードルですくって、消毒済みの乾いた温かい瓶に、いっぱいになるまで入れる。ねじぶたをしめるか、ワックスシートをのせてセロファンで覆い、ゴムバンドをかける。ラベルを貼ってそのまま冷ます。

グースベリーとローズマリーのジェリー

リンゴの甘さにグースベリーとローズマリーの風味を加えることで、コクのあるジェリーになる。朝食のトーストに塗れば最高においしくいただけるし、脂の乗った魚のソースにしても合う。

このジェリーはサムワイズ・ギャムジーのハーブ好きにヒントを得ている。モルドールに向かう途中、兎肉シチュー（レシピはp.154）をつくろうとするサムは、ゴラム（スメーアゴル）に風味をつけるハーブを探しに行くように言う（結局、自分で探すことになるのだが）。腕利きの庭師で、目先の利くホビットは、自宅の家庭菜園に新鮮なハーブを植え、よく使っていたのだろう。

材料／3～4瓶分

所要時間／1時間(濾す時間を除く)

グースベリー(＊)……1350g(上下を切り落とす必要はない)

水……875ml

生のローズマリー……4～5本

グラニュー糖……約980g

バター……大さじ1(適宜)

(＊) グースベリーが手に入らないときには、新鮮なクランベリーや赤スグリ、ルバーブなど、酸味のあるフルーツを使うとよい。

〈作り方〉

1. グースベリー、計量した水、ローズマリーを、短い時間でジャムができるように底が浅くて大きなステンレスの鍋に入れる。アルミニウムの鍋は、果物の酸が反応するので避けること。一度沸騰させてから、ふたをして弱火で20～30分、やわらかくなるまで煮る。ときどきフォークでつぶしながらかき混ぜる。

2. 粗熱が取れたら、熱湯消毒した布を大きなボウルにかけて濾す。数時間かけてゆっくり落とす。

3. 濾した液体を計量して、きれいにした鍋に戻す。1ポンド(約450g)に対して砂糖500gを計量して鍋に入れる。弱火でときどきかき混ぜながら砂糖が溶けるまで煮る。

4. 火を強めて、冷やすと固まるポイントに達するまで煮る(10～15分)。あくが浮いてきたらすくうか、バターを入れて散らす。

5. レードルですくって、消毒済みの乾いた温かい瓶に、いっぱいになるまで入れる。ねじぶたをしめるか、ワックスシートをのせてセロファンで覆い、ゴムバンドをかける。ラベルを貼ってそのまま冷ます。

11時の軽食
<ruby>イ レ ブ ン ジ ズ</ruby>

ELEVENSES

トールキンのファンのあいだで論争になっていることがある。
11時の軽食は二度目の朝食と違うのか、
ホビットの一日6回の食事は正確にはどう数えればいいのか、
というものだ。11時の軽食は、イギリスでは
午前の遅い時間に食べる軽食として一般的な言葉だが、
トールキンは「待ちに待った誕生祝い」の場面で一度しか
使っていない（この11時の軽食からこの日の宴は始まる）。
しかも、ビルボは二度目の朝食を10時半という、
あと30分で11時になる時間に食べているので、
これらはひとまとめにしてもよさそうに見える。
重要なのは、ホビットが食べ物、
それもたっぷりの食べ物が好きということだろう。

キノコのペイストリー

おいしい詰め物が口いっぱいに広がるこのペイストリーは、午前の遅い時間に食べるおやつにちょうどいい。ハーブは手元にあるものでもいいが、キノコとタラゴンは特によく合う。

最終的に『シルマリルの物語』としてまとめられたトールキンの原稿のなかで、木の時代にヴァラールは銀色に輝く木、テルペリオンの光の雫を集めて、大桶のシリンドリンに入れる。二つの木がメルコールとウンゴリアントに倒されたあと、この桶の中身で太陽がつくられる。

この小さなペイストリーは、太陽を生んだ大桶にヒントを得た。温かさを楽しみ、太陽の強い光に思いを馳せよう。

材料／12個分
所要時間／30分
バター……100g
市販のフィロ生地……6枚
タマネギ(小)……1個(みじん切りにする)
ニンニク……1片(みじん切りにする)
キノコいろいろ……250g(石づきを切り落とし、薄くスライスする)
マスカルポーネ……125g
刻んだハーブ(タラゴン、チャービル、チャイブなど)……小さじ2(+お好みで飾り用に適量)
塩、黒コショウ

〈作り方〉

1. バターの半分を溶かして、フィロ生地3枚に塗って重ね、もう3枚も同じようにする。それぞれを6等分する。マフィンの焼き型(12穴)に油を塗り、四角いフィロ生地を軽く押しつけるようにセットする。180℃に予熱したオーブンで8〜10分、カリッとなるまで焼く。

2. 焼いているあいだに残りのバターをフライパンに溶かし、タマネギとニンニクを中火で6〜7分炒める。ときどき混ぜ、しんなりしてキツネ色になるまで火を通す。キノコを加え、さらに3〜4分炒める。

3. マスカルポーネとハーブを加えて混ぜ、軽く塩、コショウをして、火からおろす。焼きあがったフィロ生地の器に詰めて、小口切りにしたチャイブを上に飾り、温かいうちにいただく。

クラム

　このずっしりしたシード入りのフラットブレッドは、どんなトッピングも合う。ピクルスとチーズからスモークサーモンやハムやサラミまでなんでもいい。好きなトッピングをいろいろ試してみて、ピクニックに持っていってほしい。密閉容器に入れれば1週間は持つ。

　クラムは谷の人間が自分たちで食べるため、そしてエレボールのドワーフに売るためにつくった持ち運びができるパンだ。

材料／20個分
所要時間／40分
オートミール（中挽き）……125g
中力粉……75g（＋打ち粉用に適量）
シードいろいろ……大さじ4（ケシの実、亜麻仁、ゴマなど）
セロリソルトか海塩……小さじ½
挽きたての黒コショウ……小さじ½
バター（食塩不使用）……50g（冷やして小さい角切りにする）
冷水……大さじ5

〈作り方〉

1. オートミール、小麦粉、シード、塩、コショウをボウルかフードプロセッサーに入れる。バターを加え、指先ですり合わせるかプロセッサーにかけてそぼろ状にする。計量した水を加えて混ぜ合わせ、硬めの生地にまとめる。もし乾いているようだったら水を少し足す。

2. 打ち粉をしたところに生地を広げ、2.5mmの厚さにのばす。6cmの丸いクッキー型（プレーンな型でも溝がついているものでもよい）で抜く。残った生地をのばして型抜きするのを繰り返し、20個つくる。油を塗った大きな天板にあいだをあけて並べる。

3. 180℃に予熱したオーブンで25分ほど、硬くなるまで焼く。網に移して冷ます。

レンバス

　トウガラシの辛さがほのかに感じられるこのパンは、スモーキーなベイクドビーンズ（p.15）といっしょに焼きたてを味わってもいいし、カリカリに焼いたベーコンを添えてもおいしくいただける。熟成したチェダーチーズとキュウリのスイートピクルス（p.56）を添えてランチにするのもおすすめだ。

　レンバスはおなかだけではなく心も満たし、恐ろしい敵と途方もない距離を前にくじけそうになる旅人たちを奮い立たせてくれる。ガラドリエルは、移動中に崩れないように一つ一つをマッロルンの葉に包んだレンバスを旅の仲間に渡す。
　『シルマリルの物語』によれば、レンバスをはじめてつくったのはヴァラールの妃ヤヴァンナだという。地球上に育つすべてをつかさどる妃は、アマンで育った特別なトウモロコシを使ったとされる。そのため、レンバスの見た目と食感は、懐かしくておいしいコーンブレッドに似ていると思われる。

ヤヴァンナ

材料／16個分

所要時間／45分

中力粉……150g

ポレンタ(トウモロコシ粉)……
150g

塩……小さじ1

ベーキングパウダー……小さじ
2

グラニュー糖……大さじ1

すりおろしたパルメザンチーズ(も
しくはビーガンチーズ)……大さじ3

パセリ……ひとつかみ(刻む)

赤トウガラシ……1本(種を取って
細かく刻む)

オリーブオイル……大さじ3

卵……2個(溶いておく)

バターミルク……300ml

〈作り方〉

1. 正方形のケーキ型(20cm)に油を塗る。

2. 小麦粉、ポレンタ、塩、ベーキングパウダーを大きなボウルにふる
   う。砂糖、パルメザンチーズ、パセリ、トウガラシを入れて混ぜる。

3. オリーブオイル、卵、バターミルクを別のボウルに入れて混ぜてか
   ら、2のボウルに入れてまとめる。

4. 生地を型に流しこみ、190℃に予熱したオーブンで30〜35分、キ
   ツネ色になるまで焼く。

5. オーブンから出し、網に移して粗熱を取り、16個に切り分ける。
   このパンは温かくても冷めてもおいしいが、その日のうちがいちば
   んおいしく味わえる。

エルフの白い丸パン

　この丸パンはスープやシチューに添えるとよい。p.152の湖の町の
ビーフポットローストにはぴったりだろう。シードの代わりに、ワケギ
5本を細かく刻んで、大さじ1のオリーブオイルで1分間炒めて使っても
よい。その場合は、つやをつけてから、おろしたてのパルメザンチーズ
大さじ3をかけて焼こう。

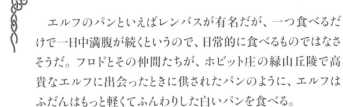

　エルフのパンといえばレンバスが有名だが、一つ食べるだ
けで一日中満腹が続くというので、日常的に食べるものではなさ
そうだ。フロドとその仲間たちが、ホビット庄の緑山丘陵で高
貴なエルフに出会ったときに供されたパンのように、エルフは
ふだんはもっと軽くてふんわりした白いパンを食べる。

材料／12個分

所要時間／2時間（生地を休める時間を含む）

ドライイースト……5g

ぬるま湯……300ml

強力粉……500g（+打ち粉用に適量）

塩……小さじ1（+少々）

バター……25g（小さな角切りにする）

ヒマワリの種……大さじ4

ケシの実……大さじ2

カボチャの種……大さじ2

卵黄……1個分

塩……少々

冷水……大さじ1

〈作り方〉

1. 計量したぬるま湯にドライイーストを振りかけてよく混ぜ、泡立つまで10分置いておく。小麦粉と塩を大きなボウルにふるい、バターを加える。バターと粉をすり合わせ、そぼろ状にする。シードをすべて入れて混ぜる。

2. 中央にくぼみをつくり、イーストを入れる。最初は木べらで、次に手を使って混ぜて、生地をまとめる。

3. 弾力があってべたつかないしっかりした生地になるまで、5分こねる。ボウルに戻し、ラップをかけ、生地が2倍の大きさにふくらむまで暖かい場所に30分置いておく。

4. 生地を取り出し、空気を抜くようにもう一度こね、12等分する。一つずつ軽くこねて、丸く成形するか、長いソーセージ状にしてゆるく結んでまとめる。軽く油を塗った天板に並べ、清潔なふきんをかぶせて、生地が2倍ほどの大きさにふくらむまで暖かい場所に30分置いておく。

5. 卵黄を小さなボウルに溶いて塩少々と冷水を加えて混ぜ、つや出しのために生地に刷毛で塗る。200℃に予熱したオーブンで15〜20分焼く。表面がキツネ色になり、裏を軽くたたくと空洞のような音がしたら焼きあがり。オーブンから取り出して、粗熱を取る。

キュウリのスイートピクルス

　風味がちょっとしたアクセントになって、どんなサンドイッチも引きたてるこのピクルスは、牛肉料理やマスの燻製にも合うし、チーズの盛り合わせに添えてもよい。スパイシーにしたければ、マスタードシードを小さじ2加えるとよい。

ガンダルフ

　ピクルスづくりや保存食づくりは、ヴィクトリア朝の主婦や料理人には欠かせないスキルだったが、それはホビットにも言えるようだ。ビルボも例外ではなく、食料庫にはたくさんのピクルスを保管している。ガンダルフはそれをお見通しで、客に押しかけられて困ったビルボに、冷たい蒸しチキンといっしょにピクルスを持ってくるように声をかけている。魔法使いには魔法使いならではの力があるようだ。

材料／3瓶分
所要時間／30分（+脱水時間が
4時間、漬け込み期間が3〜4週間）

キュウリ(大)……2本(薄くスライス
する)
タマネギ(中)……1個(薄くスライ
スする)
塩……50g
白ワインビネガー……450ml
グラニュー糖……375g
ターメリック……小さじ½
フェンネルシード……小さじ2
細かくした乾燥赤トウガラシ
……小さじ½
コショウの実……小さじ¼(粗く
砕く)

〈作り方〉

1. ボウルにキュウリとタマネギと塩を重ねるように入れ、重石として
   皿をのせて4時間置く。

2. そのあいだにビネガーを鍋に注ぎ、砂糖と残りの材料を加えて弱火
   にかける。ときどきかき混ぜながら、砂糖を溶かす。溶けたら冷め
   るまで放っておく。

3. キュウリとタマネギをざるに入れて水気を切る。たっぷりの冷水を
   かけてすすぎ、水気をよく切る。ビネガー液をもう一度沸騰させ、
   水気を切ったキュウリとタマネギを加え、1分間火を通す。穴杓子
   でキュウリとタマネギをすくい、消毒済みの乾いた温かい瓶に入れ
   る。残りのビネガー液を4〜5分煮詰めてとろみをつけてから、冷
   ます。冷えたビネガー液を、キュウリが完全につかり、瓶いっぱい
   になるまで注ぐ（ビネガーが足りなければ足す）。

4. しっかりふたをしめてラベルを貼り、冷暗所に3〜4週間置いておく。

ビーツのスパイシーピクルス

ビーツの自家製ピクルスは、昔からコールドミートやチーズにつきものだ。このレシピはパンチがきいたスパイシーなアレンジで、スライスしてサラダやサンドイッチに加えたり、クラム（p.51）のトッピングにしてもいい。

鉱山の下に住むドワーフたちは、地上から食べ物が運ばれてくるまで、保存食に頼らなければならなかっただろう。このレシピは貯蔵室に長期間保存できる野菜を利用するうえに、保存期間を3～4週間のばすことができる。このビーツのピクルスは、長い冬の終わりには特に喜ばれたかもしれない。

材料／3瓶分

所要時間／1時間から1時間半（+漬け込み期間が3～4週間）

ビーツ……1kg（約10個、葉は2cmほど残して切り落とす）

モルトビネガー……600ml

グラニュー糖……125g

根ショウガ……3.5cm（皮をむいてみじん切りにする）

オールスパイス（ホール）……小さじ4（粗く砕く）

黒コショウ（ホール）……小さじ½（粗く刻む）

塩……小さじ½

〈作り方〉

1. 鍋に水を沸騰させ、ビーツを入れて大きさに応じて30～60分ゆでる（いちばん大きなビーツにナイフがすっと入るまで）。お湯を捨ててそのまま冷ましてから、小さなナイフで皮をむく。

2. そのあいだに鍋にビネガーを注ぎ、砂糖と残りの材料を加える。弱火にかけ、ときどきかき混ぜながら砂糖を溶かす。溶けたら火を強めて3分煮る。火からおろし、そのまま冷ます。

3. ビーツを角切りにして、消毒済みの乾いた温かい瓶に詰める。冷たいビネガー液を注ぐ。ビーツが隠れて、瓶いっぱいになるまで入れる（ビネガーが足りなければ足す）。

4. しっかりふたをしめてラベルを貼り、冷暗所に3～4週間置いておく。

桃のピクルス

　簡単につくれるこの桃のピクルスで、夏の味覚を寒くなってからも楽しもう。ローストしたポーク、チキン、ダックや香りの強いチーズに合わせよう。

　桃はもともと中国原産で、ペルシア経由でヨーロッパにもたらされた。そのためヨーロッパ諸国では、経由国が名称の由来となり、ラテン語の「ペルシアのリンゴ」をもとに、桃（ピーチ）と呼ばれるようになった。トールキンの物語に桃は登場しないが、地中海性気候のゴンドール、なかでも水と緑が豊かなレベンニンは、ミドルアースのなかでは、桃が有名なイタリア南部と同くらいの緯度に位置しているので、きっと桃がなっていただろう。

材料／大瓶1本分
所要時間／2時間
ホワイトモルトビネガー……300ml
グラニュー糖……500g
クローブ……小さじ1
オールスパイス（ホール）……小さじ1
シナモンスティック……7cm（半分に折る）
桃（小）……1kg（半分にして種を取る）

〈作り方〉

1. 大きな鍋にビネガー、砂糖、スパイスを入れて弱火にかけ、砂糖を溶かす。桃を加えて煮崩れしないようにとろ火で4〜5分煮る。穴杓子で桃をすくい、消毒済みの乾いた温かい大瓶にきっちり詰める。

2. ピクルス液を2〜3分煮詰めてから、瓶いっぱいに注ぐ。必要なら温かいビネガーを追加で注ぐ。

3. 小さく切ってくしゃくしゃにしたクッキングシートをのせて、ピクルス液から桃が出ないようにする。しっかりふたをしめてラベルを貼り、冷やす。

4. 数時間後、瓶のなかで桃が浮いてくるが、ピクルス液がしみこむにつれてふたたび沈む。その時点からおいしく食べられる。きちんと封をしていれば6週間は持つ。

ポークパイ

　ポークパイはつくるのに時間はかかるが、食べる機会を選ばないメニューだ。ビュッフェの一品にしてもいいし、午前の遅い時間のおやつにしても喜ばれるだろう。スライスしたトマトやピクルスを添えてピクニックに持っていっても、ランチにしてもいい。ぜひp.56のキュウリのスイートピクルスを付け合わせに試してもらいたい。

　『ホビット』の冒頭で、リーダーのトリンを含めた13人のドワーフのなかでいちばん太ったボンバーはふくろの小路屋敷につくやいなや、ビルボにポークパイとサラダを頼む。トールキンのミドルアースの物語にはときどき豚と猪が出てくる。有名なのはローハンのフォルカ王が仕留めた野猪林〔エヴァホルト〕の大猪だろう。しかし、私たちが目にするときはたいていベーコンになっている。

材料／12個分
所要時間／1時間半

ワケギ……1束(細かく刻む)
トウガラシフレーク……少々
豚ロース……225g(細かく刻む)
ベーコン……100g(細かく刻む)
チャイブ……少量(刻む)
パセリ……少量(細かく刻む)
塩、黒コショウ
ウズラの卵……12個(やわらかめ
にゆでて皮をむく)あるいは卵1個(ス
ライスする)
卵……1個(溶いておく)

ペイストリー用
中力粉……200g
塩……少々
バター……100g(角切りにする)
水……大さじ2〜3

〈作り方〉

1. まずペイストリーをつくる。大きなボウルに小麦粉と塩を入れて混ぜる。バターを入れて指先ですり合わせるように混ぜ、そぼろ状にする。

2. 水を少しずつ加え、ナイフを使って混ぜる。生地を軽くこねて一つにまとめる。ラップをかけて冷蔵庫で30分冷やす。

3. 冷やしているあいだにフィリングをつくる。ワケギ、トウガラシ、肉、ベーコン、ハーブ、調味料を混ぜる。

4. マフィンの型（12個）に薄く油を塗って、穴の一つ一つにクッキングシートを敷く。

5. 冷蔵庫から生地を出す。軽く打ち粉をしたところにのせて、生地をのばし、フィリングを入れる容器用に直径9cm、ふた用に直径7cmの円形をそれぞれ12個つくる。大きいほうの生地をマフィン型に慎重に押しこむ。

6. それぞれ穴の半分までフィリングを入れ、そこにウズラの卵を置き、その上からさらにフィリングをのせる。

7. 容器のふちに溶いた卵を塗り、小さいほうの生地をのせ、押しつけてふたをする。

8. ふたに蒸気を逃がすための小さな穴をあけ、つや出しのための溶き卵を塗る。200℃に予熱したオーブンで20分焼き、それから160℃に下げて25〜30分、こんがりとキツネ色になるまで焼く。

9. 型に入ったまま5分冷ましてから、網に移して完全に冷ます。

ビヨンのベイクドチーズ

　甘い蜂蜜、酸味のあるクランベリー、歯ごたえのあるペカンをのせたとろとろのチーズ。これよりおいしいものがあるだろうか。軽い食事やコースの一品目に最適で、すくって食べるために表面がパリッとしたパンがたくさん必要になる。

　蜂蜜は、クリームやチーズとともに、菜食主義のビヨン一党の食を特徴づけるものだ。姿を変えるビヨン一党は、トールキンが熊の毛皮をまとったヴァイキングの戦士ベルセルクからヒントを得たものらしい。

　ビヨン一党に欠かせないこの食べ物に、ドライベリーとナッツを加えてみた（どちらも熊の好物だ）。人間、ドワーフ、ホビットと種族を問わず、これを食べれば内なる熊を満足させられるだろう。

材料／4人分
所要時間／20分
ベビーブリーかカマンベールチーズ1箱……300g
蜂蜜……大さじ3
ペカン……25g
ドライクランベリー……ひとつかみ
タイム……数本

〈作り方〉

1. チーズを木箱から出し、包みを外して木箱に戻す。木箱ごと天板にのせ、蜂蜜をたっぷりかける。200℃に予熱したオーブンで15分焼く。

2. そのあいだに小さなフライパンでペカンを3〜5分、軽く色づくまで炒っておく。

3. オーブンからチーズを取り出し、中央に十字の切れ目を入れる。ペカンとドライクランベリーとタイムを散らし、表面がパリッとしたパンを添えて食卓に出す。

エールとリンゴとマスタードのチャツネ

　大量の料理用リンゴをユニークな方法で消費する、この風味豊かなチャツネは、コールドビーフやハムサンドを一つ上のランクにあげてくれる。泡立つ材料をときどきかき混ぜるだけなので、本当に簡単にできる。

　エールもリンゴもホビットは大好きだから、このチャツネはサムの父「とっつぁん」ことハムファストも気に入ると思う。みぎわ丁のグリーンドラゴン亭で、大きなチーズとたくさんのパン、それからもちろんビールといっしょに楽しむところが目に浮かぶ。

材料／4瓶分

所要時間／2時間半（+漬け込み期間が3週間）

料理用リンゴ……1kg（4つに割って芯を取り、皮をむいて角切りにする）

タマネギ……500g（みじん切りにする）

セロリ……250g（角切りにする）

種を取ったデーツ……250g（角切りにする）

ブラウンエール……550ml

モルトビネガー……150ml

デメララシュガー……300g

ホワイトマスタードシード……大さじ2（粗く砕く）

ターメリック……小さじ1

塩……小さじ1

コショウの実……小さじ1（粗く砕く）

〈作り方〉

1. 大きな鍋にすべての材料を入れて火にかける。ふたをせずに弱火で1時間45分から2時間煮込む。最初のうちはときどきかき混ぜ、だんだん煮詰まってきたら、もう少し頻繁にかき混ぜながら煮る。

2. 消毒済みの乾いた温かい瓶にいっぱいになるように詰めこむ。串や小さなナイフを使って空気を抜いてから、しっかりふたをしめる。

3. ラベルを貼って、冷暗所で少なくとも3週間は置いておく。

くり窪のアップルケーキ

バターを塗って食べるとおいしいこのケーキは、密閉容器に入れれば1週間は持つ（あっという間に全部食べてしまうと思うが）。子供用につくるなら、シードルの代わりにリンゴジュースを使うとよい。

くり窪は、ホビット庄からブランディワイン川を渡ったバック郷の外れにある。フロドがさけ谷に指輪を持っていく旅で、ふくろの小路屋敷を出て最初に向かった場所だ。旅の目的を知られないように、フロドはそこに広い芝生と低木と生垣つきの家を買う。

食べることと庭仕事に対するホビットの熱の入れ方を考えれば、このくり窪の家の「低木」には、大きくならないリンゴの木があってもおかしくないだろう。そこでとれたリンゴを使って、おやつにこのアップルケーキをつくったかもしれない。

64

材料／1本分
所要時間／1～1時間半 (+つけておく時間が4時間)

ドライシードルか白濁タイプの
リンゴジュース……300ml
料理用のリンゴ (大) ……1個 (約300g、芯を取って皮をむき、角切りにする)
ミックスドライフルーツ……175g
グラニュー糖……150g
ベーキングパウダー入り小麦粉……300g
卵……2個 (溶いておく)
ヒマワリの種……大さじ1
カボチャの種……大さじ1

〈作り方〉

1. 鍋にシードルを注ぎ、リンゴとドライフルーツを加えて煮立たせる。リンゴが少しやわらかくなるまで3～5分煮る。火からおろし、そのまま4時間置いておく。

2. 砂糖と小麦粉と卵を1に加えてよく混ぜる。

3. パウンド型 (1kg) の底と長いほうの側面に油を塗り、油を塗ったクッキングシートを敷く。生地をすくって型に入れ、表面をなめらかにする。ヒマワリとカボチャの種を散らし、160℃に予熱したオーブンの中段で1時間から1時間10分焼く。ふっくらと盛りあがり、上部に割れ目ができ、中央に金串を刺して引きぬいたときに生地がついてこなくなったら焼きあがり。

4. 型に入れたまま10分冷まし、それからクッキングシートを引いて型から外す。

5. 網に移してクッキングシートをはがし、完全に冷ます。切り分けて、バターを塗って食べる。

西四が一の庄のジンジャービスケット

　口にするとほろりと崩れるこのビスケットは紅茶のおともにぴったりで、密閉容器で保存すれば3日は持つ。変化をつけたかったら、ゴールデンシロップの代わりにメープルシロップを使うとよい。

　　ホビット庄は「四が一の庄（Farthing——古英語で4分の1を意味するfeorthingに語源を持つ）」と呼ばれる4つの地域に分かれている。「西四が一の庄」には、ホビット庄の首府である大堀町や、ビルボとフロドのふくろの小路屋敷があるホビット村がある。この小さなビスケットは紅茶によく合い、ホビットの6回の食事時以外に訪れたお客に出すのにもってこいだ。

材料／12枚分
所要時間／35分
中力粉……100g
ベーキングパウダー……小さじ1
重曹……小さじ½
シナモンパウダー……小さじ½
すりおろしたショウガ……小さじ½
オールスパイスパウダーかミックススパイス……小さじ¼
レモンの皮のすりおろし……1個分
バター……50g（角切りにする）
グラニュー糖……50g
ゴールデンシロップ……大さじ2

〈作り方〉

1. 小麦粉、ベーキングパウダー、重曹、スパイス、レモンの皮をボウルに入れて混ぜる。バターを入れて指先ですり合わせるようにして混ぜ、そぼろ状にする。

2. 砂糖を加えて混ぜ、シロップを追加し、スプーンで混ぜる。手でかたまり同士を押しつけ合うようにつなぎ合わせ、一つにまとめる。

3. 生地を棒状にしてから12個に切り分ける。一つ一つを丸めて、油を塗った大きな天板2枚に、焼いたときにふくらんでくっつかないようにあいだをあけて並べる。

4. 一度に1枚ずつ、180℃に予熱したオーブンの中段で8〜10分焼く。ひび割れてこんがりキツネ色になったら焼きあがり。

5. 1〜2分置いて硬くなるのを待ち、それから網に移して完全に冷ます。

66

チェリーとアーモンドのトレイベイク

サクランボの季節には、グラッセではなく生のものを使おう。ただし、その場合は早めに食べること。水分が多いので1日か2日しか持たないだろう。

木の牧者であるエントは、トールキンの作品のなかでも謎めいた存在だ。だが、もっと謎めいているのがエント女である。トールキンは、エントの長老、木の鬚の口を借りて、悲しい話を語る。遠い昔、彼女たちはエントから離れて、果樹園や庭の木など「小さな木」に心を寄せ、人間に農業や園芸を教えるようになったのだという。ついついもう一つ食べたくなるこのケーキは、エントが失ったエント女を懐かしむ思いと、彼女たちが育てたサクランボの木にヒントを得ている。

材料／9個分
所要時間／1時間
ベーキングパウダー入り小麦粉……225g
ベーキングパウダー……小さじ1
バター(食塩不使用)……100g(冷やして角切りにする)
グラニュー糖……100g
卵……1個(溶いておく)
牛乳……125ml
アーモンドエクストラクト……小さじ1
チェリーグラッセ……200g(半分に割る)あるいは生のサクランボ400g(種を取る)
スライスアーモンド……50g
粉砂糖(仕上げ用)

〈作り方〉

1. 23cm四方の浅い型に油を塗ってクッキングシートを敷く。

2. 小麦粉とベーキングパウダーとバターをボウルかフードプロセッサーに入れて、そぼろ状になるまで混ぜる。砂糖を加えて混ぜ、フードプロセッサーの場合はボウルに移す。

3. 卵と牛乳とアーモンドエクストラクトを混ぜる。それを生地に加え、サクランボの半分を入れてまとめる。

4. 生地をすくって型に入れ、厚さが均一になるようにのばす。残りのサクランボを散らし、さらにスライスアーモンドを散らす。

5. 180℃に予熱したオーブンで25〜30分焼く。こんがりキツネ色になり、触ってみて硬くなっていれば焼きあがり。型に入れたまま冷ます。冷めたらカッティングボードに移してクッキングシートをはがす。粉砂糖をふるってかけ、正方形に切り分ける。

バーリマン・バタバーの
ブラックベリータルト

　夏の終わりの恵みを活用してこのタルトをつくろう。温めて、あるいは冷やして午前中のおやつに、もしくはクリームを添えてデザートにしてもいい。格子状に飾ったペイストリーは凝ったお菓子に見えるが、実は簡単につくれる。

　ホビット庄に住むほとんどのホビットにとって、ブリー村の緑道と東街道が交わるところにある躍る小馬亭は、知っている地理の限界である。バック郷の人々のなかでも勇敢な者だけが高垣を抜けて、この旅籠を訪ねるようだ。なかには忘れっぽい主人バーリマン・バタバー自慢の一品、ブラックベリータルト目当ての者もいたかもしれない。

郵便はがき

160-8791

343

（受取人）
東京都新宿区
新宿一―二五―一三

株式会社　原書房

読者係　行

|‖‖|‖‖|‖‖|‖‖|‖‖|‖‖|‖‖|‖‖|‖‖|‖‖|‖‖|‖‖|‖‖‖|

1　6　0　8　7　9　1　3　4　3　　　　　　　　　7

図書注文書 （当社刊行物のご注文にご利用下さい）

書　　　　　名	本体価格	申込数
		部
		部
		部

お名前		注文日　　年　　月　　日
ご連絡先電話番号 （必ずご記入ください）	□自　宅 □勤務先	（　　　　） （　　　　）

ご指定書店（地区　　　　）	お買つけの書店名 をご記入下さい	帳
書店名　　　　　書店（　　　　店）		合

7377
ホビットの料理帳

| 愛読者カード | ロバート・トゥーズリー・アンダーソン 著 |

＊より良い出版の参考のために、以下のアンケートにご協力をお願いします。＊但し、今後あなたの個人情報（住所・氏名・電話・メールなど）を使って、原書房のご案内などを送って欲しくないという方は、右の□に×印を付けてください。　　　　　□

フリガナ
お名前　　　　　　　　　　　　　　　　　　　　　男・女（　　歳）

ご住所　〒　　　　－

市　　　　　　町
郡　　　　　　村
　　　　　　　TEL　　　　（　　　）
　　　　　　　e-mail　　　　　　　＠

ご職業　1 会社員　2 自営業　3 公務員　4 教育関係
　　　　　5 学生　6 主婦　7 その他（　　　　　　　　　）

お買い求めのポイント
　　　　　1 テーマに興味があった　2 内容がおもしろそうだった
　　　　　3 タイトル　4 表紙デザイン　5 著者　6 帯の文句
　　　　　7 広告を見て（新聞名・雑誌名　　　　　　　　　）
　　　　　8 書評を読んで（新聞名・雑誌名　　　　　　　　　）
　　　　　9 その他（　　　　　　　　　）

お好きな本のジャンル
　　　　　1 ミステリー・エンターテインメント
　　　　　2 その他の小説・エッセイ　3 ノンフィクション
　　　　　4 人文・歴史　その他（5 天声人語　6 軍事　7　　　　　　）

ご購読新聞雑誌

本書への感想、また読んでみたい作家、テーマなどございましたらお聞かせください。

材料／8人分
所要時間／1時間(冷やす時間
を除く)

ブラックベリー……500g
レモン果汁……½個分
グラニュー糖……100g
トウモロコシ粉……大さじ2(少
量の水を加えてペースト状にする)

ペイストリー用
中力粉……175g(+打ち粉用に
適量)
バター……100g(角切りにする)
粉砂糖……40g(+仕上げ用に適
量)
アーモンドパウダー……40g
すりおろしたレモンの皮……1
個分
卵黄……2個

〈作り方〉

1. ペイストリーをつくる。小麦粉とバターをボウルに入れて指先ですり合わせるように混ぜるか、電動ミキサーにかけてそぼろ状にする。粉砂糖、アーモンドパウダー、レモンの皮を入れて混ぜ、それから卵黄を加えて混ぜてまとめる。15分冷やす。

2. 生地をこねてから、4分の1を切り分けておく。残りを、バターを塗った24cmのタルト型(波形で底が抜けるタイプのもの)に合うように、打ち粉をしたところで薄くのばす。型に押しつけるようにしてのせる。

3. はみ出たところをカットし、それをよけておいた生地に足す。型にのせた生地もよけておいた生地も15分冷やす。

4. ブラックベリー200gとレモン果汁とグラニュー糖を鍋に入れて5分ほど、ブラックベリーがやわらかくなるまで煮る。トウモロコシ粉のペーストを加えて混ぜ合わせ、強火にしてコンポートがとろりとするまで混ぜる。そのまま冷やす。

5. コンポートをタルト型に流しこみ、その上に残りのブラックベリーを散らす。生地の端に刷毛で水を塗る。よけておいた生地をのばし、1cm幅のリボン状に切り、タルトの上に格子状に並べる。端を押しつけるが、はみ出た部分はそのままにしておく。

6. タルトを天板にのせ、190℃に予熱したオーブンに入れて25〜30分焼く。生地がキツネ色になり、中身に火が通ったら焼きあがり。はみ出た部分をカットする。皿に移し、粉砂糖を振って仕上げる。

旅の食事

産業が発展するまえのミドルアースで旅をするときには、馬や馬車を利用すること
もあるが、基本的には徒歩なので、今では考えられないほど時間がかかる。長距離を
一気に移動できるのは、ワシや特別な力を持つ馬、飛蔭だけだ。だから、ときには家
庭的な食事を提供する宿に泊まることもあるが、ほとんどは自分で食事を用意しなけ
ればならない。必要な材料は持ち運び、安全な場所で火をたいて料理をする。基本的
な調理道具も携帯する。サムの荷物には、『指輪物語』に描かれたように、いくつか
欠かせないものが入っている。ほくち箱、浅い平鍋2つ、木のスプーン1本、二股の
フォーク1本、金串数本、それから「貴重品」の塩だ。

幸い、長距離を移動する旅人や勇者のための特別な食べ物はたくさんある。エルフ
は携行食のレンバス（p.52）をつくる。伝説によれば、もともとはヴァラのヤヴァン
ナが、アマンへの壮大な旅に出るエルフのためにつくったコーンブレッドのような食
べ物らしい。崩れないようにマッロルンの葉に包まれたレンバスは、長期間おいしく
食べられて、たとえミナス・ティリスの背の高い人間であっても、一つ食べれば一日
元気に旅ができるという。

そこまでの威力はないが、人間にも独自の携行食がある。湖の町の人間はクラムと

呼ばれる、味はともかく栄養はたっぷりの歯ごたえのあるビスケットをつくる（本書ではおいしいものを考案した。p.51を参照してほしい）。ビヨン一党のリーダー、ビヨンは、秘密のレシピで蜂蜜入りの二度焼きビスケット（p.114）をつくる。ビヨンによれば、これを食べれば、旅人は長い距離でも歩いていけるという。

　こうした食べ物はどれもおいしいが、それでもちゃんと調理をした食事に勝るものはない。それは厳しい旅路においても、我が家にいるような気持ちにさせてくれる。『指輪物語』で、たき火をおこして調理したものといえば、ゴラムがホビットの主人のために死んだ兎を2羽持ってきたときに、サムがつくる兎肉シチュー（p.154）だ。ゴラムにとっては信じられないが、サムは兎でシチューをつくろうとする。少しばかりのハーブは手に入るが、スープストックも「じゃが」もない。そうしてできたのはシンプルな料理だが、おなかをすかせたホビットにとってはごちそうだったはず。モルドールへの旅を続ける気力も復活しただろう。

昼食
LUNCHEON

現実の世界では、昼食は軽く見られがちだ。

机で手軽にサンドイッチとコーヒーで済ませることも多いだろう。

だが、ホビット庄では違う。『指輪物語』の序盤で、

ホビットたちが村を出て午前中いっぱい歩いたあと、

ペレグリン・トゥック（ピピン）が訴えるように、昼食は大切だ。

道はどこまでも続くとビルボは言うが、

休息と食事をとらずに歩き続けることはできない。

とりわけ怠け者のピピンにはできない相談だ。

イチジクと生ハムと
ブルーチーズの温サラダ

　このサラダは夏の夜に戸外で食べるのに最適だ。ベジタリアンなら生ハムなしでもおいしく味わえる。

　トールキンは、ヌーメノールの文明には古代エジプトにヒントを得たところがあると書いている。それが見られるのが、アル＝ファラゾーンといったヌーメノールの王の名前や、ヌーメノールの中心にあるメネルタルマ山のふもとの「墓の谷」で、後者は精巧につくられた王家の墓が集まるエジプトの「王家の谷」に似ている。

　ヌーメノールの古代エジプトとの精神的なつながりを尊重して、この料理はエジプトでよく食べられるイチジクを使う。

材料／4人分
所要時間／15分
オリーブオイル……大さじ2
バナナエシャロット(＊)……2個
(みじん切りにする)
ニンニク……2片(みじん切りにする)
ラズベリービネガー……小さじ2
熟しているが硬めの小さなイチジク……8個
ゴルゴンゾーラチーズ……135g(細かく砕く)
ルッコラ……40g
薄くスライスした生ハム……8枚
塩、黒コショウ
軽くローストして砕いたヘーゼルナッツ

(＊) バナナエシャロットの代わりに、白タマネギとニンニクをみじん切りにして2:1の割合で混ぜて使ってもよい。

〈作り方〉

1. 小さなフライパンにオリーブオイルを入れて弱めの中火にかける。バナナエシャロットとニンニクを入れて4〜5分炒める。火からおろし、ビネガーと塩コショウ少々を入れて泡だて器で混ぜる。

2. へたをとったイチジクの上部にナイフで十字に切り込みを入れる。開いてゴルゴンゾーラを詰める。天板にのせてオリーブオイルを少し垂らし、中火で予熱したグリルで4〜5分、チーズが溶けて色づくまで焼く。

3. ルッコラ、温かいイチジク、生ハムを皿4枚に盛りつける。1の温かいドレッシングを回しかけ、ヘーゼルナッツを飾り、黒コショウをかける。

クルミと洋ナシのグリーンサラダ

　パルメザンチーズの「クルート」をつくれば洗練された見た目のサラダになるが、時間がなければ、盛りつけるときにピーラーでパルメザンチーズを薄く削ってかけてもよい。

　サラダは、『ホビット』の冒頭で、ビルボの家にたどりついたドワーフたちが求めた食べ物の一つだ。トム・ボンバディルとゴールドベリが用意したベジタリアン料理の食卓にもあったろうし、たくさんの料理が並ぶ大きな宴の席でも出されただろう。トールキンの世界には厳格な菜食主義者はほとんど出てこないが、自由の民である人間、エルフ、ドワーフ、ホビットの英雄たちは喜んで野菜を食べるようだ。

材料／4人分
所要時間／20分

パルメザンチーズ……70g(すりおろす)

熟した洋ナシ(大)……2個(半分に切って芯を取り、薄くスライスする)

クルミ……60g(ローストする)

サラダ用のミックスリーフ……40g

ドレッシング用

クルミオイル……90ml

レモン果汁……大さじ2

粒マスタード……大さじ1

グラニュー糖……小さじ2

タラゴン……数本(粗く刻む)

〈作り方〉

1. 天板にアルミホイルを敷いて油を塗り、パルメザンチーズを散らす。25cmほどの正方形になるように薄く広げる。グリルで2〜3分、チーズが溶けて薄いキツネ色になるまで焼く。そのまま冷ましてから、アルミホイルをはがし、チーズを割って「クルート」にする。

2. ドレッシングの材料を大きなボウルに入れて泡だて器で混ぜる。クルミをローストする。

3. 洋ナシ、クルミ、リーフをボウルに入れ、ドレッシングであえる。皿4枚に分けて盛りつけ、パルメザンチーズのクルートを散らす。

ワイルドサラダ

　もっとしっかり食べたいときには、チョリソ3本を斜めにスライスして、色づいてパリッとするまで炒め、キッチンペーパーで油を切ってからサラダに加えよう。

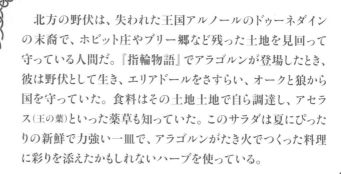

　北方の野伏は、失われた王国アルノールのドゥーネダインの末裔で、ホビット庄やブリー郷など残った土地を見回って守っている人間だ。『指輪物語』でアラゴルンが登場したとき、彼は野伏として生き、エリアドールをさすらい、オークと狼から国を守っていた。食料はその土地土地で自ら調達し、アセラス（王の葉）といった薬草も知っていた。このサラダは夏にぴったりの新鮮で力強い一皿で、アラゴルンがたき火でつくった料理に彩りを添えたかもしれないハーブを使っている。

材料／4人分
所要時間／15分
冷凍グリーンピース……1カップ強
ソラマメ……1½カップ
ピーテンドリル(エンドウ豆の新芽)……1カップ強
ミント、ディル、パセリ……それぞれひとつかみ(細かく刻む)
フェタチーズ……180g

ドレッシング用
ディジョンマスタード……小さじ1
オリーブオイル……大さじ2
シャルドネビネガー……大さじ1
塩、黒コショウ

〈作り方〉

1. 大きな鍋に水と少量の塩を入れて沸かし、エンドウ豆を2分ゆでる。冷水に取る。

2. ソラマメを3分ゆで、水にさらして皮をむく。

3. エンドウ豆とソラマメをピーテンドリル、刻んだハーブとあえる。

4. マスタードとオリーブオイルとビネガーを混ぜ合わせてドレッシングをつくる。塩、コショウで味をととのえる。

5. サラダにフェタチーズを散らし、ドレッシングを加えてよくあえてから皿に盛りつける。

ピピンのミナス・ティリス・ランチ

イギリス人が大好きなプラウマンズ・ランチ（農夫の昼食）をベースにしたこのメニューは、料理をするというより、盛りつけるといったほうがいいかもしれない。量は人数に合わせて調整してほしい。木製プレートにきれいに並べよう。見た目がよくなるように、素材の大きさや色で変化をつけてみよう。ここにあげたものとは違うチーズ、ジャム、クラッカー、パテ、季節の果物など好きなものを加えてもよい。

トールキンは、ピピンことペレグリン・トゥックを、いちばん年下で無鉄砲な性格というだけではなく、いちばん食い意地がはったホビットとして描いている。ピピンはゴンドールの執政デネソールに紹介されたあと、ミナス・ティリスの警備責任者ベレゴンドの世話になる。おなかが空いたピピンは食べ物がほしいと頼み、お昼にパン、バター、チーズ、リンゴをもらってエールで一気に流しこむ。

このような食事は14世紀以降のイギリスの農夫にとって一般的なものだっただろう。有名なプラウマンズ・ランチは、パン、チーズ、ピクルス、そしてビールという伝統的な組み合わせが20世紀になって見直され、人気のパブランチになったものである。

材料／2人分

所要時間／10分

厚めにスライスした表面がパリッとしたパン……4〜6枚(あるいはエルフの白い丸パン4個 p.54)

質の良いチェダーチーズか熟したブリーチーズのかたまり

厚めにスライスしたコールドローストビーフ(レア)かハム……6枚

ポークパイ……2切れ

固ゆで卵……2個(皮をむいて半分に切る)

タマネギかガーキンのピクルス……4つ

セロリ……2本(できれば葉がついているもの)

ラディッシュ……4個

リンゴ……2個(4つに切って芯を取る)

海塩、黒コショウ

〈作り方〉

1. パンあるいは丸パンをバスケットに並べる。

2. 残りの材料を大きな木製プレートに見た目よく並べる。卵に塩、コショウをする。プレートを食卓の中央に置く。

3. 桃のピクルス(p.59)、エールとリンゴとマスタードのチャツネ(p.63)を小さな器に盛り、ポークパイ(p.60)とコールドミートに添えて出す。

ニンジンとパースニップのハニースター

　この野菜のランチメニューは、刺激的なヴィネグレットソースであえたルッコラのサラダを添えると完璧だ。p.152の湖の町のビーンポットローストにもよく合う。蜂蜜の代わりにメープルシロップを使えば、ビーガン向けのメニューになる。

　トールキンの作品のなかで星とエルフは、象徴的にも詩的にも深くつながっている。月と太陽が生まれるまえ、ヴァラールの女王ヴァルダは、エルフの目覚めとともに空に新たに星をつくる。こうしてエルフは「星の民」を意味するエルダールと呼ばれるようになるが、のちにその名は西方への大移動に旅立つエルフだけのものとなる。

　星とエルフのつながりは『シルマリルの物語』全編にわたって描かれる。フェアノール王家——フェアノールはシルマリルをつくったエルフ——は八つの角を持つ星を紋章とし、シルマリルの一つはエアレンディルの星となり、ミドルアースの自由の民の希望の象徴となる。

　この料理は、トールキンの作品に繰り返し出てくる星のモチーフを食卓で表現した。

材料／4人分

所要時間／50分

パースニップ（白ニンジン）（小）
……4本（縦に4つに切る）

ニンジン（小）……4本（縦に4つに切る）

植物油……大さじ3

クミンパウダー……小さじ1

コリアンダーパウダー……小さじ1

セロリソルト……小さじ½

スイートチリソース……大さじ3

蜂蜜……大さじ1

〈作り方〉

1. パースニップとニンジンをボウルに入れる。

2. 別の小さなボウルか瓶に植物油、クミン、コリアンダー、セロリソルトを入れて混ぜる。それをパースニップとニンジンを入れたボウルに加えて、全体にいきわたるように混ぜる。

3. 天板に重ならないように並べて200℃に予熱したオーブンで30分ほど焼く。たびたびひっくり返しながら、やわらかくなり色づくまで焼く。

4. そのあいだにスイートチリソースと蜂蜜を小さなボウルに入れて混ぜる。

5. それをパースニップとニンジンに刷毛で塗り、オーブンでもう一度5分焼く。

6. 大皿に盛りつける。野菜の太いほうを中心に向けて放射線状に並べ、星に見立てる。パースニップとニンジンは交互に並べる。

焰のスタッフドペッパー

この料理は表面がパリッとしたパンを添えて軽いランチにするか、ラムの串焼き、ローズマリー風味（p.148）の付け合わせにするとよい。応用の利くメニューなので、スライスしたブラックオリーブ、砕いたフェタチーズ、ハルーミチーズなどを加えてみてほしい。

ミドルアースのバルログは、もともとはマイアール（聖なる者たち）で、モルゴスによって堕落させられた。キリスト教のルシファーとともに堕天した天使のような存在だ。この恐ろしい生き物は、影と焰をまとい、剣と鞭を手に、ミドルアースの自由の民の前に立ちはだかる。『シルマリルの物語』と『指輪物語』には、バルログとの壮絶な戦いが描かれる。『シルマリルの物語』では、バルログのゴスモグはゴンドリンをめぐる戦いで、エルフの貴族エクセリオンに殺される。『指輪物語』では、ガンダルフはモリアでドゥリンの禍というバルログを仕留めるが、彼自身も「死んで」しまう。

この料理は赤く燃え上がる焰のような形をしていて、バルログをモチーフにしている。幸いにして、この焰は破滅ではなくおいしさをもたらす。

材料／2人分
所要時間／1時間10分
ロマーノペッパー（大）[＊]……4個（縦に半分に切り、芯と種を取る）
ニンニク……2片（つぶす）
刻んだタイム……大さじ1½
プラムトマト……4個（角切りにする）
エクストラバージンオリーブオイル……大さじ4
バルサミコ酢……大さじ2
塩、黒コショウ

[＊] ロマーノペッパーはパプリカの仲間でトウガラシのような形をしているが辛くない。

〈作り方〉

1. 半分にしたペッパーを切り口を上にして、アルミホイルを敷いた天板か耐熱皿に並べる。ニンニクとタイムをそれぞれに均等に入れ、塩、コショウをする。角切りにしたトマトをペッパーに詰めて、オリーブオイルとビネガーを垂らす。

2. 220℃に予熱したオーブンで1時間ほど、ペッパーがやわらかくなり焦げ目がつくまで焼く。

3. 焰に見立てるため、黒っぽいお皿に、幅の広いほうを下にして細いほうが上を向くように盛りつける。

躍る小馬亭のガーリックポテトスープ

　ガーリックの香りが食欲をそそるこのポテトスープは、寒い日に冷たくなった両手でマグカップを包んでいただきたい。しっかりおなかを満たすために、エルフの白い丸パン（p.54）といっしょに出そう。

　一日かけて塚山丘陵を越えたあと、躍る小馬亭で赤々と燃える暖炉を前にエールを飲めば、不安な気持を抱えて疲れきったホビットたちも元気を取り戻す。歴史あるこのアルノールの旅籠で疲れた旅人を迎えるメニューの一つに、心も体も温めるスープがあると思うとうれしくなる。スープの中身はおそらく季節によって変わっただろうが、このポテトスープは冬の人気メニューだったはずだ。

材料／4人分
所要時間／50分
バター（食塩不使用）……大さじ4
タマネギ（大）……1個（スライスする）
ニンニク……2片（つぶす）
ほくほくするタイプのジャガイモ
……550g（皮をむいて小さな角切りにする）
野菜スープストック……875ml
スモーク海塩……小さじ½
牛乳……125ml
生のハーブ（パセリ、タイム、チャイブなど）……大さじ4
小口切りにしたチャイブ（飾り用）
黒コショウ

〈作り方〉

1. 大きな鍋にバターを溶かし、タマネギとニンニクを加える。中火で3〜4分、しんなりするまで炒める。ジャガイモを入れて混ぜ、ふたをして5分火を通す。

2. スープストックと塩を加える。沸騰させてから火を弱め、ふたをしてジャガイモがやわらかくなるまで30分煮る。

3. フードプロセッサーに移してなめらかにする。鍋に戻し、牛乳とハーブを入れてかき混ぜ、弱火で温める。盛りつけてチャイブを散らし、黒コショウをかける。

塚山丘陵

物語のスープ

　このスープは半端に残ったものをすべて活用できる。なんでもいいから手元にあるものを足していろいろ試してみてほしい。具材がごろごろしたスープにしたければ、撹拌せずにつくろう。お好みで、食べるときにバジルソース（p.93）をひとすくい落として混ぜてもいい。ビーガン仕様にするなら、クレームフレーシュを入れないようにしよう。

　トールキンは、物語をつくるときにいかにたくさんの影響を受けているかについて、非常にいいたとえをしている。一通の手紙のなかで、彼は物語をつくる作家をスープをつくる人になぞらえた。物語は、あらゆる記憶とさまざまな知識からつくられる。それらが混じり合い、想像を超えた新しいものが生まれるのだ。たとえ材料の一部がわかったとしても、スープでも物語でも大切なのは、最終的な味わいのほうである。

材料／4人分

所要時間／40分

オリーブオイル……小さじ1

リーキ……1本(薄くスライスする)

ジャガイモ(大)……1個(皮をむい
て角切りにする)

野菜スープストック……875ml

夏野菜いろいろ……2½カップ

(エンドウ豆、アスパラガス、ソラマメ、
ズッキーニなど)

刻んだミント……大さじ2

クレームフレーシュ……大さじ
2(お好みで最後に加える)

塩、黒コショウ

〈作り方〉

1. 中くらいの鍋にオリーブオイルを熱し、リーキを3〜4分、しんな
   りするまで炒める。

2. ジャガイモとスープストックを加え、10分煮る。残りの野菜とミ
   ントを全部入れて、煮立たせる。火を弱めて10分煮る。

3. ブレンダーかフードプロセッサーに移してなめらかにする。鍋に戻
   して、お好みでクレームフレーシュを加える。塩コショウをして味
   をととのえる。弱火で温めて、温めたフラットブレッドといっしょ
   に食卓に出す。

ゴラムのサーモンちらし

　いつも行く魚屋さんに「すしに使える」おいしい（そして安全な）サーモンを頼もう。代わりにスモークサーモンを使ってもいい。

　　ゴラムはトールキンの作品のなかでよく魚の話をしている。『ホビット』ではビルボに出したなぞなぞの答えの一つだし、モルドールへの旅の途中でサムと食べ物の話をしているときには、魚のうまさを語っている。しかし、肉であろうと魚であろうと、火を通せばせっかくのうまいものが「台なしになる」と言う。
　　適切に調理された生魚は、新鮮であれば繊細な味が楽しめる。このレシピは日本料理からヒントを得たもので、このおいしさを味わえば、ゴラムの言うことにも一理あると思うかもしれない。

ゴラムと魚

材料／2～3人分

所要時間／50分(冷ます時間を除く)

米……310g

米酢……大さじ6

グラニュー糖……大さじ2½

ショウガのピクルス……適量(刻む)

練りわさび……小さじ½

キュウリ……½本

サーモン(皮なし)……230g(一口サイズに切る)

アボカド……1個(皮をむいて種を取り、小さな角切りにする)

ワケギ……8本(小口切りにする)

炒りゴマ……大さじ3(仕上げ用)

〈作り方〉

1. 米を炊く。

2. そのあいだに酢と砂糖を小さな鍋に入れて弱火にかけて、かき混ぜながら砂糖を溶かす。火からおろしてショウガとわさびを加えて、そのまま冷ます。

3. キュウリを縦に半分に切り、種をすくいとる。スライスして冷めた酢に加える。

4. 米が炊きあがったら皿に移し、キュウリをのぞいて酢を回しかけ、混ぜて冷ます。

5. 冷えた酢飯を大きなサラダボウルに入れ、キュウリ、サーモン、アボカド、ワケギを混ぜる。最後にゴマを振って食卓に出す。

東夷の魚の紅茶マリネ

　ケチャップマニスはちょっと糖蜜の味がするインドネシアの甘いソイソースだ。もしケチャップマニスがなければ、ふつうのソイソースを使ってもいいが、その場合は蜂蜜を少し増やすとよい。

　トールキンの作品のなかで、東夷と言えばたいていリューンの民を指す。リューンはミドルアースの東に位置する広大な土地で、そこには馬車族などの遊牧民もいればバルホスなどの定住民もいる。トールキンはこれらの民の文化については明確には描いていない。指輪戦争のときにはサウロンの支配下にあり、大部分がモルドールに吸収されていたからだ。
　このレシピは東夷の世界を想像するときのヒントになるように、東方の素材を使ってつくる。

材料／4人分

所要時間／25分（+漬け込む時間と冷やす時間が4時間半）

紅茶のティーバッグ（ラプサンスーチョンなど）……2個（沸騰したお湯200mlに入れて抽出する）

皮をむいてすりおろしたショウガ……大さじ1

ニンニク……1片（つぶす）

ケチャップマニス……大さじ4

スイートチリソース……大さじ2

蜂蜜……大さじ1

トラウトの切り身……4枚（各100gぐらいのもの）

ゴマ油……大さじ1

ピーナッツオイル……大さじ2（分けて使う）

ベビーパクチョイ[*]……150g（縦に半分に切る）

[*] ベビーパクチョイは中国の野菜で、チンゲン菜の仲間。

〈作り方〉

1. ボウルなどにティーバッグとお湯を入れ、5分ほど抽出して取り出す。ショウガ、ニンニク、ケチャップマニス、スイートチリ、蜂蜜を入れてよく混ぜる。冷めるまで置いておく。

2. トラウトの切り身を非金属性の浅い皿に並べて、紅茶のマリネ液を注ぐ。覆いをして冷蔵庫で最低4時間、できれば一晩漬けておく。ときどき魚をひっくり返す。

3. 魚を取り出してキッチンペーパーでふく。マリネ液は取っておく。

4. ゴマ油とピーナッツオイル大さじ1を、くっつかない大きなフライパンに入れて熱し、皮目を下にして魚を入れ、2〜3分焼く。ひっくり返して3分焼く。温めた皿に移し、アルミホイルで覆う。パクチョイを料理しているあいだ、余熱で火を通す。

5. フライパンに残った油でパクチョイをしんなりするまで強火で炒める。紅茶マリネ液の半分を注ぎ、3〜4分煮詰める。マリネ液が蒸発し、パクチョイがくたくたになったら、魚といっしょに盛りつける。

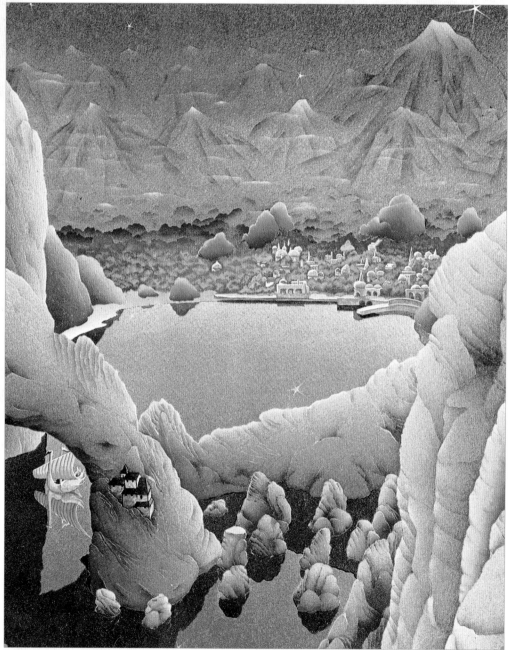

アルクウァロンデの白鳥港

アルクウァロンデのホタテのグリル、バジルソース仕立て

　ホタテは軽く焼き色がつくまでバーベキューコンロでグリルするか、フライパンで焼けば、甘さが引き立つ。ただし、焼きすぎると硬くなってしまうので注意しよう。

　アルクウァロンデは、エルフの三つの種族のうちの一つであるテレリが、ヴァリノールの沿岸につくったエルフの街だ。白鳥港を意味するその名前を聞くだけで、水辺の楽園が目に浮かぶだろう。トールキンによれば、テレリは真珠を求めてよく潜っていたらしいので、ホタテ貝もとっていたと想像するのは難くない。

　貝殻にのせたこのホタテ料理で、食卓にアルクウァロンデの優美さを漂わせよう。見た目も美しいこの前菜は驚くほど簡単につくれる。昼でも夜でも人が集まったときに出せば、主役級の一品になるだろう。

材料／4人分
所要時間／20分
殻半分がついたホタテ……12
個(手に入らなければ殻なしで)
オリーブオイル(焼くときに使う)

バジルソース用
バジル……40g
ニンニク……1片(つぶす)
松の実……大さじ2(ローストする)
海塩……小さじ¼
エクストラバージンオリーブオイル……100ml
すりおろしたパルメザンチーズ……大さじ2
黒コショウ

〈作り方〉

1. バジルソースをつくる。バジル、ニンニク、松の実、海塩をすり鉢に入れて、なめらかなペースト状になるまでする。オリーブオイルを少しずつ加えてのばし、もったりしたソースにする。最後にチーズとコショウを入れて味を見る。

2. ホタテに軽くコショウをする。オリーブオイルを少し垂らし、殻を下にしてバーベキューコンロで3〜4分焼く(殻を通して火が入る)。あるいは、オリーブオイル大さじ1を大きなフライパンに入れて熱し、キッチンペーパーで水分をふいて塩をしたホタテを、片面2〜3分ずつ、火が通って焼き色がつくまで焼く。

3. バジルソースをかけて食卓に出す。

灰色港のムール貝のガーリック焼き

　ムール貝を買うときには、殻がしっかり閉じていて重みがあるものを探そう。呼吸ができるように密閉容器には入れずに、ふんわりとラップをして保存すること。買ってきたその日のうちに食べるほうがよい。

　『ホビット』と『指輪物語』の舞台はほとんどが陸地で、海はあまり出てこない。だから、「王の帰還」の終盤で、フロドを含めた指輪所持者が灰色港から別れの海へ出航する場面では、よけいに心が揺さぶられる。目の前にとつぜん、まばゆい水平線が広がったかのように感じるだろう。エルフとホビットと魔法使いは、ミドルアースに別れを告げるにあたって、この料理をみんなで楽しんだかもしれない。

材料／4人分
所要時間／30分
バター……110g
エシャロット……2個（刻む）
ニンニク……3片（刻んで分けて使う）
白ワイン（ドライ）……125ml
ムール貝……620g（ひげを取り、こすり洗いする）
粗めのパン粉……50g
細かく刻んだパセリ……大さじ2
すりおろしたレモンの皮……小さじ1
すりおろしたパルメザンチーズ……大さじ2
オリーブオイル……大さじ1

〈 作 り 方 〉

1. 大きな鍋を弱めの中火にかけてバターを溶かし、エシャロットとニンニク2片分を入れてしんなりするまで炒める。ワインを加えて煮立たせる。

2. ムール貝（押しても殻が閉じないものは除く）を入れて、ふたをして3〜5分、ときどきゆすりながら殻が開くまで蒸し焼きにする。殻が閉じたままのものは捨てる。

3. ボウルにパン粉、パセリ、残りのニンニク、レモンの皮、パルメザンチーズ、オリーブオイルを入れてよく混ぜる。

4. ムール貝は殻の片面を外して、大きな天板に並べる。

5. パン粉を混ぜたものをムール貝にのせ、中火で予熱しておいたグリルで2〜3分、パン粉がカリッとして色づくまで焼いたら出来上がり。

ウンバールのエビとアンコウの串焼き

いつもの木串や金串の代わりに香りのいいローズマリーの枝を使って、魚介に風味を加えて、ついでに見た目もよくしよう。枝が燃えて魚を台無しにしないように、あらかじめしっかり水につけておくこと。

第3紀を通してゴンドールの宿敵だったウンバールの海賊は、艦隊を組んで南部の沿岸地域を襲い、同地域を恐怖に陥れた。『指輪物語』にはこの海賊が登場する。ペレンノール野の合戦のときに、アラゴルンは彼らの船を奪い、援軍とともにミナス・ティリスに向かう。

ウンバールの町は近ハラドのベルファラス湾にある。海賊たちがゴンドールの入り組んだ沿岸を襲うまえに腹ごしらえとして食べたもののなかには、このエビとアンコウのシンプルなケバブに似た料理もあったかもしれない。

材料／4人分
所要時間／20分（+水につける
時間とマリネ液に漬け込む時間が1時
間半）

大きめのローズマリーの枝
……8本
アンコウの切り身……450g
（16個に切り分ける）
生のブラックタイガー……16
尾（殻をむいて背わたを抜く）
ニンニク……2片（つぶす）
すりおろしたレモンの皮と果汁
……1個分（分けて使う）
エクストラバージンオリーブオ
イル……大さじ1½
塩、黒コショウ

レモンのアイオリ用
卵黄……3個
白ワインビネガー……小さじ2
ディジョンマスタード……小さ
じ1
ニンニク……2〜4片（つぶす）
レモン果汁……大さじ1
エクストラバージンオリーブオ
イル……250ml
塩、白コショウ

〈作り方〉

1. ローズマリーの枝についている葉を一方の端の数本を残して取りの
ぞき、反対の端は斜めに切って鋭くする。冷水に30分つける。ロー
ズマリーの葉は大さじ1にあたる分を細かく刻み、残りは別の料理
で使うために保存する。

2. 魚とエビを交互にローズマリーの串に刺す。1本につき魚2切れと
エビ2尾になるようにする。非金属製の浅い皿に入れる。

3. 刻んだローズマリー、ニンニク、レモンの皮、塩、黒コショウとオ
リーブオイルを合わせて混ぜ、串にかけて1時間置く。

4. アイオリをつくる。卵黄、ビネガー、マスタード、ニンニク、レモ
ン果汁、塩と白コショウ少々をフードプロセッサーに入れて、卵黄
が泡立つまで撹拌する。その後、フードプロセッサーを回しながら、
少しずつオリーブオイルを注ぎ、もったりしたソースをつくる。
ソースが硬すぎるときには沸騰したお湯を少し足してのばす。味を
見て調整する。

5. マリネ液から串を取り出す。バーベキューコンロで片面2〜3分ずつ、
火が通るまで焼く。あるいは予熱したグリルで片面2〜3分ずつ焼く。

6. レモンをしぼってかけ、レモンのアイオリを添える。

闇の森

闇の森のコウモリの羽

　黒い食用色素ジェルがあれば、暗く不吉な雰囲気を漂わせられるが、そこまでしたくなければ、着色は省略してもよい。それでもアジア風の味は楽しめる。

　ビルボとドワーフが『ホビット』のなかで痛い思いをして学んだように、闇の森で夜にたき火をすれば、あっという間に何千という蛾と真っ黒な巨大コウモリを呼び寄せることになる。しかし、ものは考えようで、そんな状況も悪くないかもしれない。食料が残り少なくなっていたら、何匹か捕まえて夕食にすればいいのだから。マリネしてローストすれば、「コウモリの羽」はパリッとしたおいしい料理になる。

材料／4人分
所要時間／20分(+漬け込む時間が1〜2時間)
鶏の手羽先(大)……8本(1本約100g)

マリネ液用
ニンニク……1片
ショウガ……5cmほど(皮をむいて刻む)
ライム果汁とすりおろした皮……2個分
ダークソイソース……大さじ2
ピーナッツオイル……大さじ2
シナモンパウダー……小さじ2
ターメリックパウダー……小さじ1
蜂蜜……大さじ2
黒い食用色素ジェル……3滴
塩

〈作り方〉

1. 竹串8本を冷水に30分つける。
2. マリネ液の材料をブレンダーかフードプロセッサーに入れて撹拌してなめらかにする。
3. 手羽先を非金属性の浅い皿に並べ、マリネ液をかけて全体にいきわたらせる。覆いをかけて1〜2時間漬けておく。
4. マリネ液から手羽先を取り出し、竹串に刺して残りのマリネ液をかけながら片面を4〜5分ずつバーベキューコンロで焼く。あるいは、マリネ液をかけながら片面を4〜5分ずつ予熱したグリルで焼く。

ミドルアースのちょっと変わった食習慣

　ミドルアースに住む者の大多数、つまり人間、エルフ、ホビットは、ごくふつうのものを食べている。肉、野菜、穀物といった、ヨーロッパでは中世以降にふつうに食べられている食材だ。ただし、中世以降の基本的な食材でも、よく知られているようにミドルアースには存在しないものもある（砂糖やトマトなど）。一方で、意外なものが消費されている。ジャガイモ、紅茶、コーヒー、そしてパイプ草（タバコ）などだ。

　ミドルアースには独特の食習慣もある。トム・ボンバディルとその妻ゴールドベリはどうやら菜食主義者のようだ。2人は、フロド、サム、メリー、ピピンの4人を古森から救って自宅に連れてきたあと、食卓にクリーム、蜂の巣に入った蜂蜜、白いパン、バター、チーズ、牛乳、そして「摘んできた緑の野草に熟したベリー」を並べる。自分たちでつくった乳製品や野菜に、野山で摘んできたものを足したような食卓は、どこか自給自足のヒッピーを思わせる。2人が出してくれる飲み物は、透明なただの水に見えるが、ワインを飲んだかのような酔い心地になる。ボンバディルとゴールドベリは自然の精霊に近い存在であるため、すべての生き物に心を寄せ、倫理的な理由から菜食主義者でいるのかもしれない。倫理的な理由で肉食をやめた者はもう1人いる。放浪中に動物に助けられる『シルマリルの物語』の英雄ベレンだ。エントはおそ

らくもっとも自然にやさしい食事をするキャラクターで、川の水とほぼ変わらない不思議な飲み物だけで生きている。

『ホビット』を読めばわかるとおり、倫理という点で対局に位置するのがオーク、すなわちゴブリンだ。彼らの食事はおもに馬（子馬も含む）などの生肉で、誘拐したメリーとピピンに無理やり飲ませた飲み物（p.164）はひどい味がする。オークを改良したウルク＝ハイは人間の肉を食べ、さらには同じ種族内で弱い者を食べることもあるようだ。

　一方、ホビットのなかでオークのようになったゴラムは、生肉のほかにときどき目の見えない魚を食べる。ゴラムは調理することを嫌悪しており、草（ハーブ）や根菜を食べることも嫌がる。そういう気持ちの悪いものを食べるのは、よっぽどおなかがすいたときだけだ、とサムに言う。ある医師は論文のなかで、光を避けるオークやゴラムはビタミンD不足から病気になるだろうと述べている。

アフタヌーンティー

AFTERNOON TEA

アフタヌーンティーには、どこかホビットっぽさがある。
さけ谷やロスローリエンのエルフはもちろん、
ゴンドールのたくましい人間たちが、
おいしいものを好きなだけ味わうために
アフタヌーンティーに立ち寄るところは想像できない。
一方で、アフタヌーンティーから始まる
ビルボの「思いがけないお客たちの宴」からは、
ドワーフのケーキ好きがうかがえる。そして、
トリンとその仲間たちが出会ったビヨン一党のビヨンは、
お菓子やパンをつくる名人だ。

ビーツのタルトタタン、
ヤギのチーズ添え

　このタルトは見た目は豪華でおしゃれだが、つくるのは簡単だ。ビーツはなるべく同じ大きさに切りそろえ、きっちりときれいに並べるようにしよう。出来上がったときに、その面が上になるからだ。

　ビーツはありきたりで地味な野菜だと思われているが、ホビット庄の控えめなホビットのように、条件がそろえば輝く食材だ。なめらかでコクがあって食べ応えがあるこのルビーレッドのタルトは、エルロンドの最後のくつろぎの家で出てきてもおかしくないだろう。

材料／4〜6人分
所要時間／45分
オリーブオイル……大さじ2
ニンニク……2片(刻む)
タイムの葉……小さじ1
バルサミコ酢……大さじ2
ゆでたビーツ(ピクルスではないもの)
……500g(スライスするか、薄いく
し形に切る)
市販のパイ生地……250g
小麦粉(打ち粉用)
砕いたヤギのチーズ……125g
タイムの葉か小口切りにしたチャ
イブ(飾り用)

〈作り方〉

1. オーブンで使用可能なフライパンにオリーブオイルを入れて弱めの中火で熱したら、ニンニクとタイムを1〜2分炒める。ビネガーを注ぎ、弱火で1〜2分煮詰める。

2. フライパンにビーツをきれいに敷きつめる。火を少し強めて4〜5分焼き、底に少し焦げ目がつくようにする。

3. 打ち粉をしたところにパイ生地をのせてのばし、フライパンのサイズより1cm大きな円形にする。

4. パイ生地をフライパンにかぶせて端を内側におりこみ、ビーツにふたをする。200℃に予熱したオーブンに入れて15〜20分焼く。生地がふくらんでキツネ色になったら焼きあがり。

5. 大きな皿にタルトをひっくり返してのせ、砕いたヤギのチーズを散らし、タイムかチャイブを飾って食卓に出す。

キノコのクロスティーニ

この小さくて香りのよいキノコのトーストは、ティータイムのお菓子の代わりにうれしい一品だ。タラゴンとキノコは王道の組み合わせだが、タラゴンの代わりにパセリやマジョラムを使ってもよい。

キノコはホビットの好物だ。特にフロドは大好きで、子供のときにお百姓のマゴット爺さんの土地に忍びこんでとったこともある。キノコは目立たないので、森や牧草地をながめてもなかなか見つからない。ホビットが土地の風景になじむのと同じだ。彼らにはその気になれば人目につかないようにする天性の才能がある。おそらくこの風景に溶け込む能力から、トールキンはホビットのキノコ好きを思いついたのだろう。

材料／4人分
所要時間／15分
バター……75g
ニンニク……2片(1片は刻み、1片はそのまま使う)
刻んだタラゴン……大さじ1
ポートベロマッシュルーム……250g(粗く刻む)
海塩と挽きたての黒コショウ
オリーブオイル……大さじ1
サワードウブレットか田舎風パン(薄くスライスする)

〈作り方〉

1. 大きなフライパンにバターを溶かす。刻んだニンニクとタラゴンを加え、バターが泡立ちはじめるまで熱する。

2. 刻んだマッシュルームを加えて、中火で4〜5分炒める。マッシュルームがやわらかくなり、色づいたら、塩とコショウを多めに振る。

3. そのあいだにスライスしたパンに薄くオリーブオイルを塗る。波形のグリルパンを熱し、パンに軽く焦げ目がつくまで焼く。

4. トーストできたら、パンにニンニクをこすりつける。

5. 4枚の皿にパンを盛りつけ、それぞれの上にバターたっぷりのマッシュルームをのせる。

ビルボのシードケーキ

シードケーキはキャラウェイシードの香りが特徴だ。このレシピでは柑橘類の風味を加え、さりげない上品さを添えた。少しでも残れば、トライフルをつくるいい口実になる。

『ホビット』の冒頭で、思いがけないお客の1人、年老いたドワーフのバリンは、ほかならぬシードケーキを求める。その日の午後、ビルボはちょうど焼いたところだったので出せることは出せる。夕食後のおやつに食べようと思っていたので、渋々ながらではあるが。シードケーキはイギリスの伝統ある定番のケーキで、ヴィクトリア朝から1900年代初頭にかけて人気があった。トールキンがホビット庄の食べ物を描きながら、懐かしく思い出していた時代である。

ビルボ・バギンズ

108

材料／10人分
所要時間／1時間半
バター……175g(室温に戻す)
グラニュー糖……175g
卵……3個(溶いておく)
ベーキングパウダー入り小麦
粉……250g
ベーキングパウダー……小さじ
1
粗く刻んだキャラウェイシード
……小さじ1½
すりおろしたオレンジの皮……
大きめのオレンジ1個分
オレンジ果汁……大さじ5〜6
グラニュー糖……25g

〈作り方〉

1. パウンドケーキの型（1kg）に油を塗ってクッキングシートを敷く。

2. バターとグラニュー糖をボウルに入れて、白っぽくクリーム状になるまでかき混ぜる。溶き卵と小麦粉を交互に少しずつ入れていき、なめらかな生地をつくる。ベーキングパウダー、キャラウェイシード、オレンジの皮、果汁を混ぜ入れ、木べらなどで持ちあげて傾けるとゆっくり落ちるくらいの生地にする。

3. 用意したパウンド型に生地を入れる。表面をならし、グラニュー糖をかける。

4. 160℃に予熱したオーブンで、1時間から1時間10分焼く。生地がふくらみ、上の面が割れてキツネ色になり、串を刺して抜いたときに何もついてこなくなったら焼きあがり。

5. 型に入れたまま10分冷ましてから、クッキングシートを引いて型から外す。網に移してクッキングシートをはがし、そのまま冷ます。密閉容器に入れれば、1週間は保存できる。

ニフレディルのショートブレッド

　バターたっぷりで、花びらの模様つきのこの可憐なビスケットは、特別なティータイムにふさわしい。密閉容器に入れれば、1週間は保存できる。

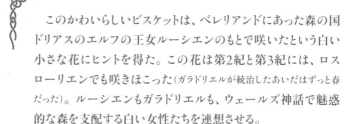

　このかわいらしいビスケットは、ベレリアンドにあった森の国ドリアスのエルフの王女ルーシエンのもとで咲いたという白い小さな花にヒントを得た。この花は第2紀と第3紀には、ロスローリエンでも咲きほこった（ガラドリエルが統治したあいだはずっと春だった）。ルーシエンもガラドリエルも、ウェールズ神話で魅惑的な森を支配する白い女性たちを連想させる。

材料／14枚分

所要時間／40分

中力粉……175g（＋打ち粉用に適量）

アーモンドパウダー……50g

グラニュー糖……50g（＋飾り用に適量）

アーモンドエクストラクト……数滴

バター……150g（角切りにする）

飾り用

皮むきしたアーモンド……25g（半分に割る）

チェリーグラッセ……2個（小さく切る）

〈作り方〉

1. 小麦粉、アーモンドパウダー、砂糖、アーモンドエクストラクトをボウルかフードプロセッサーに入れる。バターを入れて、指先ですり合わせるかプロセッサーにかけてそぼろ状にする。

2. 生地を手でまとめる。軽くこねてから、打ち粉をしたところで1cmの厚さになるまでのばす。丸い波形のクッキー型（6cm）で抜く。天板に並べる。残った生地をまとめてのばすのを繰り返して、最後まで型抜きする。

3. 一つ一つに十字になるようにフォークで4回刺して溝をつけ、その線と線のあいだに半分にしたアーモンドを白い花びらに見立てて置いていく。中央にはチェリーグラッセを一つのせる。グラニュー糖を少し振り、160℃に予熱したオーブンで15分、薄く色づくまで焼く。

4. 網に移して冷ます。

イチゴとラベンダーのショートブレッド

　この豪華なショートブレッドは、夏の香りと味がいっしょに楽しめる。これはつくったその日に食べるほうがいいが、ビスケットだけなら密閉容器に入れれば3日は保存できる。

　夏に味わう至福としてイチゴとクリームに勝るものはない。トールキンが『指輪物語』を終えるにあたって「ユーカタストロフ（幸せな大詰め）」を考えたときに、指輪所持者の旅立ちのほかに思い描いたのが、このイチゴとクリームだった。ホビット庄暦1420年は、サムの尽力もあり、まれにみる豊作となった年で、ホビットの子供たちがイチゴとクリームにつかるほどだったという。

　このイチゴとラベンダーのショートブレッドは、季節のイチゴとクリームをたっぷりと使う。ティータイムのすてきなスイーツにも、夏のデザートにもなる。

材料／8個分

所要時間／40分

中力粉……150g（＋打ち粉用に適量）

米粉……25g

バター……125g（角切りにする）

グラニュー糖……50g

ラベンダーの花びら……大さじ1

飾り用

イチゴ……250g（イチゴとラズベリーでもよい）

ダブルクリーム［乳脂肪分48％の生クリーム］……150ml

ラベンダーの小枝……16本（お好みで）

粉砂糖（仕上げ用）

〈作り方〉

1. 小麦粉と米粉をボウルかフードプロセッサーに入れる。バターを加えて、指先ですり合わせるかプロセッサーにかけてそぼろ状にする。

2. 砂糖とラベンダーの花びらを加えて、手で混ぜ合わせてまとめる。

3. 軽くこねて、打ち粉をしたところで5mmの厚さにのばす。丸い波形のクッキー型（7.5cm）で抜き、天板に並べる。残りの生地をまとめ、ふたたびのばして型で抜く。全部で16個つくる。

4. フォークを刺して穴をあけ、160℃に予熱したオーブンで10～12分、薄く色づくまで焼く。天板にのせたまま冷ます。

5. 小さいイチゴ4つを半分に切って、残りはへたを取ってスライスする。クリームを泡立て、ビスケット8個にすくってのせる。その上にスライスしたイチゴをいくつか置き、さらにビスケットをのせる。その上に残りのクリームをのせて、半分に切ったイチゴとお好みでラベンダーの小枝を飾る。粉砂糖をふるってかける。

ビヨンの二度焼きビスケット

ビスコッティは水分が少ないお菓子なので、浸すための飲み物といっしょに出てくることが多い。この蜂蜜とピスタチオのビスコッティは、濃いコーヒーやアセラスティー（p.160）、あるいはイタリア式に夕食後のマルサラ酒といっしょに楽しもう。

ビヨンはビルボの一行に夕食として蜂蜜ケーキ（p.26の「ビヨンの蜂蜜ケーキ」を参照）を出しただけではなく、旅立つときには蜂蜜入りの二度焼きビスケットを持たせている。きっとそれはビスコッティや乾パンのようなものだったのではないだろうか。二度焼きすることで、歯ごたえがよく、長持ちして携帯に便利なビスケットになっただろう。

材料／約24個分

所要時間／60分（冷ます時間を除く）

バター（食塩不使用）……25g（やわらかくしておく）

グラニュー糖……50g

細かくすりおろしたレモンの皮……1個分

ベーキングパウダー入り小麦粉……125g

ベーキングパウダー……小さじ½

蜂蜜……大さじ1

卵黄……1個

卵白……大さじ1

殻をむいて粗く刻んだピスタチオ……65g

〈作り方〉

1. バターと砂糖とレモンの皮をボウルに入れて、白っぽくふんわりするまで混ぜる。小麦粉とベーキングパウダーをふるって入れ、蜂蜜、卵黄、卵白、ピスタチオを加える。やわらかい生地になるまで混ぜる。

2. 生地を2つに分け、15cmくらいの長さのソーセージのような形にする。油を塗った天板に離して置き、それぞれ平らにして1cmの厚さにする。

3. 160℃に予熱したオーブンで20分、ふくらんで薄く色づくまで焼く。

4. オーブンから出し、10分冷ます。オーブンはそのままの温度にしておく。パン切りナイフで1cm幅に切る。切った面を上にして、オーブンに戻し、さらに10分カリカリになるように焼く。網に移して冷ます。

「ダンブルドア」のブルーベリーと 蜂蜜のジャム

　このレシピは夏のベリーのおいしさと蜂蜜の甘さをジャムにして、一年中楽しめるようにしたものだ。全粒粉の糖蜜スコーン（p.120）といっしょに、またはトーストにたっぷり塗って食べてほしい。

　　ミドルアースでは、中世の世界と同じように、蜂蜜が甘味として使われているようだ。登場人物の1人、毛皮をかえるビヨンは熱心に蜂を育てていて、客に出す料理に蜂蜜をたっぷり使っている。トム・ボンバディルとゴールドベリがホビットに出した食べ物にも蜂蜜は使われている。ビルボの作品で、赤表紙本に収録されたホビットの詩「さすらいの騎士」には、マルハナバチ（bumblebee）の古英語である「ダンブルドア（Dumbledor）」という強い蜂が出てくる。

〈作り方〉

材料／2〜3瓶分
所要時間／35分
ブルーベリー……600g
水……150ml
ペクチン入りのジャムシュガー
……375g（温めておく）
蜂蜜……125g
レモン果汁……1個分
バター……15g（適宜）

1. ブルーベリーと水を大きな鍋に入れて、やわらかくなるまで10分ほどコトコトと煮る。ときどき木べらでつぶす。

2. 砂糖、蜂蜜、レモン果汁を加えてときどきかき混ぜながら、砂糖が溶けるまで弱火で煮る。砂糖が溶けたら火を強めて沸騰させ、冷やすと固まるポイントに達するまで煮る（10〜15分）。

3. あくが浮いてきたらすくうか、バターを入れて散らす。

4. レードルですくって、消毒済みの乾いた温かい瓶に、いっぱいになるまで入れる。ねじぶたをしめるか、ワックスシートをのせてセロファンで覆い、ゴムバンドをかける。ラベルを貼ってそのまま冷ます。

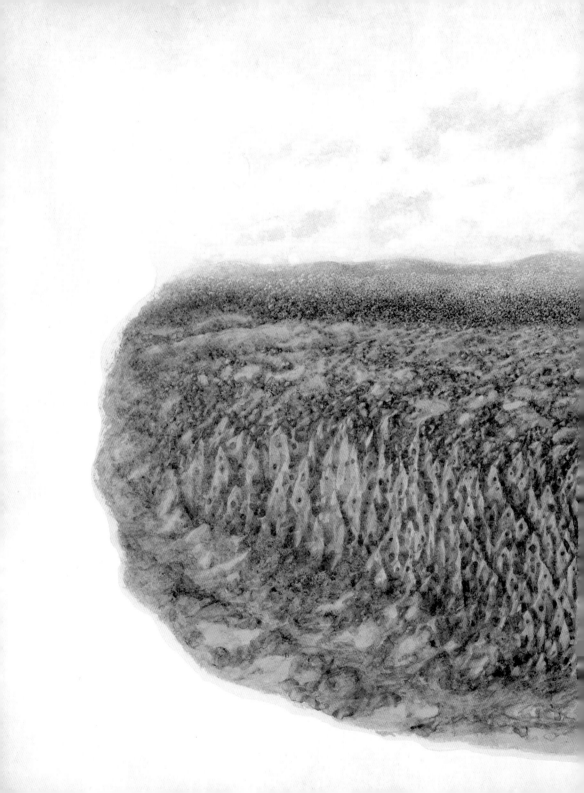

大スマイアル

スモモのスパイシージャム

クリスマスのスパイスを使ったこのジャムは、もらってうれしいおいしいギフトになる。瓶のふたにすてきな正方形の布をかけてきれいなリボンで結び、おすすめの食べ方を書いたカードを添えて渡そう。

『指輪物語』の終わりに、トールキンは指輪戦争が終わった翌年、ホビット庄暦で1420年は豊作だったと記している。オランダの画家ヒエロニムス・ボスのにぎやかで幻想的な絵を思わせる書きぶりで、トールキンはとりわけホビットの子供をくわしく描いている。子供たちはイチゴとクリームのなかを泳いだり、スモモの木の下にすわって熟した実をせっせと食べては、種でピラミッドのような山をつくったという。

材料／4〜5瓶分

所要時間／1時間15分

熟したスモモ……1.5kg(半分にして種を取る)

すりおろしたオレンジの皮と果汁……1個分

水……300ml

シナモンスティック……1本(半分に折る)

クローブ(ホール)……小さじ1

グラニュー糖……1.5kg(温めておく)

バター……15g(適宜)

〈作り方〉

1. スモモとオレンジの皮と果汁、水を大きな鍋に入れる。モスリンの袋にシナモンスティックとクローブを詰めて鍋に加える。ふたをして30分、スモモがやわらかくなるまでコトコトと煮る。

2. 砂糖を加え、ときどきかき混ぜながら弱火で煮て溶かす。溶けたら火を強めて、冷やすと固まるポイントに達するまで煮る(20〜25分)。あくが浮いてきたらすくうか、バターを入れて散らす。

3. スパイスの入った袋を取り出す。

4. レードルですくって、消毒済みの乾いた温かい瓶に、いっぱいになるまで入れる。ねじぶたをしめるか、ワックスシートをのせてセロファンで覆いゴムバンドをかける。ラベルを貼ってそのまま冷ます。

「バックルベリの渡し船」風 スタッフドペア

　新鮮なフルーツやナッツを詰めた、この簡単につくれるヘルシーなデザートは、秋のふだんの夕食をしめるのにふさわしい。メープルシロップの代わりに蜂蜜、プルーンの代わりにデーツを使って変化をつけることもできる。

　フロド、サム、メリー、ピピンは、バックルベリの渡し船に乗ってブランディワイン川を渡り、追いかけてきた黒の乗り手から逃れ、バック郷にたどりつく。このバックルベリの渡し船にヒントを得たスタッフドペアは、ヘーゼルナッツや果物をのせて、にじみ出た甘い果汁とともに供される。ホビットがホビット庄の大きな川を小さな船で渡るところをイメージしてほしい。

材料／4人分
所要時間／45分
熟した洋ナシ(できれば皮の色が薄い品種のもの)……4個
種抜きプルーン……3個(粗く刻む)
ローストしたヘーゼルナッツ……25g(粗く刻む)
シナモンパウダー……小さじ½
メープルシロップ……大さじ4
ブラックベリー……75g(半分に切る)
バター……25g
アイスクリームかヨーグルト(お好みで)

〈作り方〉

1. 洋ナシを半分に切り、裏側を少しスライスしてロースト皿に並べたときに水平になるようにする。芯と種をくりぬく。果梗(かこう)は取らない。

2. プルーン、ヘーゼルナッツ、シナモン、メープルシロップをボウルで混ぜ合わせて、そこにブラックベリーを入れる。洋ナシのくぼみに詰めて上にバターをひとかけらのせる。ロースト皿にアルミホイルをかぶせて、200℃に予熱したオーブンで25分焼く。アルミホイルを外し、さらに10分焼く。

3. にじみ出た果汁をすくってかけ、お好みでアイスクリームやヨーグルトといっしょに盛りつける。

119

全粒粉の糖蜜スコーン

ふくろの小路屋敷

　このスコーン（温かくても冷たくてもいい）は半分に割って、クレームフレーシュか濃厚なクリームに、「ダンブルドア」のブルーベリーと蜂蜜のジャム（p.115）かスモモのスパイシージャム（p.118）をのせて食べてほしい。つくったその日のうちに食べることをおすすめする。

　『ホビット』の冒頭で、ふくろの小路屋敷に行きついたトリン一行にビルボが出したたくさんのおいしい食べ物のなかには、スコーンがある。このレシピで14個のスコーンがつくれる——13人のドワーフと遅れてきた魔法使いで14人分だ。半分に割ってクリームとジャムをたっぷりのせていただけば、ティータイムにぴったりだ。ビルボのように、たっぷり入れた熱々のコーヒーといっしょに出してみてはいかがだろうか。

材料／14個分

所要時間／30分

モルト入り強力粉……400g（＋打ち粉用とお好みで仕上げ用に適量）

バター……50g（角切りにする）

マスコバド糖（ライト）……50g

ベーキングパウダー……小さじ3

重曹……小さじ1

プレーンヨーグルト……大さじ8

ブラックトリークル（糖蜜）……大さじ2

卵……1個（溶いておく）

〈作り方〉

1. 小麦粉をボウルかフードプロセッサーに入れる。バターを入れて、指先ですり合わせるかプロセッサーにかけてそぼろ状にする。砂糖とベーキングパウダーを加えて混ぜる。

2. ヨーグルトに重曹を入れて混ぜ、トリークルといっしょに生地に加える。卵を少しずつ加えて混ぜ、べたべたしない程度のやわらかさにする。

3. 軽くこねてから、打ち粉をしたところでのばし、2cmの厚さにする。

4. 円形のクッキー型（5cm）で手早く抜いていく。油を引いた天板に並べる。残りをこねてのばし、ふたたび型で抜く。生地がなくなるまで繰り返す。

5. すべてを天板に並べたら、小麦粉を振る（そのままがよければ振らなくてもよい）。220℃に予熱したオーブンで6〜8分焼く。ふくらんで色づいたら焼きあがり。

ビファーのジャムとリンゴのタルト

　この個性的なオープンタルトは豪華に見えるが、つくり方は簡単だ。温かいうちに生クリームかクレームフレーシュを少し添えれば、最高においしくいただける。バニラアイスを添えてデザートにしてもいい。

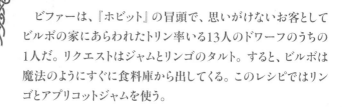

　ビファーは、『ホビット』の冒頭で、思いがけないお客としてビルボの家にあらわれたトリン率いる13人のドワーフのうちの1人だ。リクエストはジャムとリンゴのタルト。すると、ビルボは魔法のようにすぐに食料庫から出してくる。このレシピではリンゴとアプリコットジャムを使う。

材料／4人分
所要時間／50分(+冷やす時間が30分)

市販のパイ生地……375g
小麦粉(打ち粉用)
リンゴ(グラニースミスなど、シャキッとした食感の青リンゴ)……2個(皮をむいて芯を取り、スライスする)
グラニュー糖……大さじ1
バター(食塩不使用)……25g(冷やしておく)
生クリームかクレームフレーシュ(仕上げ用)

グレーズ用
アプリコットジャム……250g
レモン果汁……小さじ2
水……小さじ2

〈作り方〉

1. パイ生地を4等分し、それぞれを打ち粉をしたところで2mmの厚さにのばす。直径13cmの皿を使って、円形の生地を4つつくる――ナイフで一気に切ると伸びてしまうので、皿のまわりを少しずつ切っていくこと。生地を天板にのせる。

2. 生地の上に少し小さな皿をのせて、ふちから1cmのところにしるしがつくようにする。生地の中心にもフォークを刺してしるしをつけてから、30分冷やす。

3. リンゴのスライスを中心に向けて円を描くように並べ、砂糖を振る。バターをすりおろしてかけ、220℃に予熱したオーブンで25〜30分、生地とリンゴがこんがり色づくまで焼く。

4. そのあいだにアプリコットのグレーズをつくる。ジャムとレモン果汁と水を小さな鍋に入れて、弱火にかけてジャムを溶かす。火を強めて1分煮てから火からおろし、目の細かいザルで濾す。タルトが温かいうちに、刷毛で塗る。生クリームかクレームフレーシュを添えて出す。

リンゴとブラックベリーのケーキ

　リンゴとブラックベリーは初秋に旬を迎える。いちばんおいしく味わいたければ、ケーキをつくろう。ティータイムか、コーヒーといっしょに夕食後に楽しんでほしい。密閉容器に保存すれば2日は持つ。

　このクランブルケーキはホビット庄、さらにはトールキンが若いころに過ごしたウォリックシャーの晩夏の実りを連想させる——リンゴはたわわに実り、ブラックベリーははじけんばかりに熟している。ホビットたちの大きな楽しみの一つはお互いを訪ねあうことだ。だから、家の食料庫にケーキが一つもないなんてありえない。お客さん用のケーキを用意しておかなければならないし、ほしくないものを誕生日にプレゼントしてくれた友達にお礼状を書きながら、1人で楽しむケーキも必要だから。

材料／16個分

所要時間／1時間15分

バター……175g(室温に戻す)

グラニュー糖……175g

卵……3個(溶いておく)

ベーキングパウダー入り小麦
粉……200g

ベーキングパウダー……小さじ
1

すりおろしたレモンの皮……1
個分

料理用リンゴ……500g(皮をむ
いて芯を取り、薄くスライスする)

冷凍ブラックベリー……150g
(解凍する)

トッピングのクランブル用

ベーキングパウダー入り小麦
粉……75g

ミューズリ……75g

グラニュー糖……50g

バター……75g(角切りにする)

〈作り方〉

1. 18×28cmのケーキ型にクッキングシートを敷く。

2. バターと砂糖をボウルに入れて、白っぽくクリーム状になるまで混ぜる。溶いた卵と小麦粉を交互に少しずつ加えて混ぜ、なめらかな生地にする。ベーキングパウダーとレモンの皮を入れて混ぜ、生地を用意したケーキ型に入れる。表面を平らにしてリンゴとブラックベリーを並べる。

3. トッピングのクランブルをつくる。小麦粉、ミューズリ、グラニュー糖をボウルに入れて、バターを加え、指先ですり合わせるようにして混ぜ、そぼろ状にする。並べた果物の上にかける。

4. 180℃に予熱したオーブンで45分焼く。クランブルが黄金色になり、中央に金串を刺して引きぬいたときに、生地がついてこなくなったら焼きあがり。

5. そのまま冷ましてから、クッキングシートを引いて型から外す。16個の棒状かくさび形に切り分け、クッキングシートをはがす。

ビルボ111歳のバースデーケーキ

　チョコレートが好きな人なら、このレシピの小麦粉25gをココアパウダー25gに、イチゴをラズベリーに替えて、さらにラズベリージャムをはさんで、チョコレートとラズベリーのケーキにしてみてはいかがだろうか。もっと甘いバースデーケーキにしたければ、仕上げにダークチョコレートをおろしてかけるとよい。

ビルボの誕生パーティー

　『指輪物語』は、ビルボ・バギンズの111歳の誕生日を祝う豪華なパーティーで幕をあける。近隣からも遠方からもホビットが来て出席し、ガンダルフはビルボに敬意を表して竜の花火をあげてみせる。その夜みんなをいちばん驚かせたのは、ビルボが挨拶でお別れを宣言し、指輪をはめてとつぜん姿を消したことだ。ビルボはこっそりふくろの小路屋敷をあとにし、余生を過ごすさけ谷を目指して最後の冒険に向かう。

　このバースデーケーキは、さまざまな組み合わせでつくることができ、食べ物にうるさいホビットでも人間でも喜ばせることができるだろう。いろいろなジャムとベリーを試してみて、待ちに待ったあなた自身の誕生日を祝うケーキをつくろう。

材料／12人分
所要時間／1時間半
有塩バター……175g（やわらか
くしておく）
グラニュー糖……175g
バニラエクストラクト……小さ
じ2
ベーキングパウダー入り小麦
粉……300g
ベーキングパウダー……小さじ
2
卵……3個
米粉……50g
プレーンヨーグルト……
150ml
イチゴ……175g（へたを取ってくし
形に切る）

仕上げ用
ダブルクリーム……300ml
イチゴジャム……大さじ3

〈作り方〉

1. 20cmのケーキ型2つに油を塗ってクッキングシートを敷く。

2. バター、砂糖、バニラエクストラクトをフードプロセッサーに入れ
てなめらかになるまで撹拌する。小麦粉とベーキングパウダーをふ
るって加えてから、卵、米粉、ヨーグルトを入れ、なめらかになる
まで撹拌する。

3. 生地をケーキ型2つに分けて入れ、表面を平らにする。180℃に予
熱したオーブンで35〜40分焼く。生地がふくらんでキツネ色にな
り、触ると弾力があるスポンジケーキになったら焼きあがり。

4. そのままで10分冷ましてから網に移し、クッキングシートをはがす。
完全に冷ます。

5. ボウルにクリームを入れてやわらかい角がたつまで泡立てる。スポ
ンジケーキ1枚の上部を水平になるようにカットし、そこにまず
ジャムを、それからクリームの半分をすみずみまで塗る。イチゴの
⅔をちりばめる。2枚目のスポンジケーキを上にのせ、残りのク
リームを広げる。

6. 残りのイチゴを飾り、ろうそくを立てる。

食べ物とエルフ

　　トールキンはエルフの食べ物や食べ方を描写するときは、エルフそのものを描写するときと同じように、優美な言葉で表現している。ホビットとドワーフと人間が、腹が減ってがつがつと食べたり飲んだりする場面はよく出てくるが、エルフがそのように描かれることはめったにない。エルフの食習慣について語られるときには、漠然とした、どこか高尚な言葉が使われている。食に取りつかれているといってもよさそうなホビットが出てくる『指輪物語』とは対照的に、おもにエルフが出てくる『シルマリルの物語』では、食べ物への言及ははるかに少なく、特定の食べ物や料理よりも宴全体について書かれている。そのため読み手は、エルフの食べ物はどこか肉体的な必要性から切り離されているように感じてしまう。結局のところ、彼らは不死なのだ。

　　そうは言っても、エルフと食についてのトールキンの見方は、『ホビット』から『指輪物語』へと書き進めるあいだに進化したように見える。『ホビット』のなかで、ビルボはエレボールに向かう途中、さけ谷ではじめてエルフに出会う。すぐ先には最後のくつろぎの家があり、そこではまきの煙が立ち上り、高尚な食べ物とは言えないバノックが焼かれている。2回目に会ったのは闇の森の奥深くで、腹ペコのビルボとドワーフたちは宴に出くわす。そこではいいにおいを漂わせながら、たき火で肉が焼

かれている。さらに、闇の森のエルフ王はワイン通として描かれ、遠くリューンの湖からもいいワインを取り寄せ、金を守る竜のように、ワインセラーを大事にしている。

　一方、『指輪物語』で登場するエルフは、食についてまるで違った印象を与える。トールキンは、洗練された高貴なエルフと『ホビット』で登場した森に住む素朴なエルフの違いを出そうとしたのかもしれない。森間村で、フロドとピピンとサムはノルドール族のギルドールの厚意で、しゃれた料理——おそらくはベジタリアン料理——を楽しみ、「白く美しい一山のパンに味わうおいしさにもはるかに勝る風味を持った」パンや「野生の草の実のように甘い」果物を、「澄んだ泉のように冷たい」「かんばしい飲みもの」で流しこむ。注目すべきは、それらが漠然とした言葉で、めずらしくて風変わりな別世界の食べ物のように表現されていることだ。ホビットの素朴で腹にたまる食事との対比が際立っている。

　このあともエルフは登場するが、食べ物の具体的な描写は少ない。さけ谷ではたくさんの宴が開かれるが、そこでは食べることより歌ったり、語ったりすることに重きが置かれている。同様に、ロスローリエンでは食べ物の話はほとんど出てこない。もちろん、一行が旅をしながら食べているものよりはおいしいものを食べている。具体的に出てくるのは、魔法の食べ物といっていいレンバス（p.52）と強壮飲料のミルヴォール（p.161）だけだ。

夕食

DINNER AND SUPPER

『指輪物語』でもっともよく出てくる食事は
夕食（僅差で次に多いのが朝食）で、日々の生活で
ホビットがいかにそれを大事にしているかを示している。
一日でいちばん食べ応えがある食事を
楽しい雰囲気のなかでとる夕食は、みんなが楽しみにしていて、
躍る小馬亭でフロドが歌ったように歌声が響くことも多い。
ゴンドールの人間も同じように夕食を大切にしている。
軽めの朝食と昼の軽食をとる以外は一生懸命に働き、
一日の仕事を終えたあとに
リラックスして過ごす楽しい時間となっている。

ハラドリムのタジン

　野菜たっぷりのこのタジンは、肉食者でもビーガンでもベジタリアン
でも同じように喜んでもらえるはずだ。栄養を強化したければ、伝統的
なクスクスの代わりにタンパク質豊富なキヌアを添えよう。イチジクの
代わりにドライアプリコットを使ってもおいしくいただける。

　ハラドリムは、ゴンドールの南に位置する乾燥地帯に住む
戦闘的な誇り高き人間である。彼らは歴史的にヌーメノール
の入植者に支配されていたため、昔からゴンドールとは敵対し、
指輪戦争の時代にはサウロンの影響を受ける。トールキンが
描いたハラドリムは、緋色と金色を好み、それらを宝石、ボディ
ペイント、兵装、オリファントの飾りものに使った。
　このレシピはハラドリムの食事をイメージして、真っ赤なトマ
トと金色のクスクスにスパイスをきかせ、太陽が輝く彼らの土
地を連想させるものにした。

材料／4人分
所要時間／1時間
ヒマワリ油……100ml(分けて使う)
タマネギ(大)……1個(みじん切りにする)
ニンニク……2片(つぶす)
コリアンダー、クミン、シナモン(すべてパウダー)……各大さじ2
ヒヨコ豆(缶詰)……400g(水を捨てる)
トマト缶(カットトマト)……400g
野菜スープストック……500ml
糸状のサフラン……小さじ¼
ナス(大)……1本(へたを取って刻む)
ボタンマッシュルーム……240g(石づきを切り落とし、大きければ半分に切る)
ドライイチジク……100g(刻む)
刻んだ生のコリアンダー……大さじ2
塩、黒コショウ

クスクス用
クスクス……340g
海塩……小さじ½
お湯……440ml
ヒマワリ油……大さじ1〜2
バター……大さじ2(小さな角切りにする)

〈作り方〉

1. タジンをつくるために、フライパンに大さじ2のヒマワリ油を入れ、タマネギ、ニンニク、スパイスを加えて中火にかける。こまめに混ぜながら5分、色づくまで炒める。穴杓子で鍋に移し、そこにヒヨコ豆、トマト、スープストック、サフランを加えて、塩コショウをする。

2. フライパンに残った油を熱し、ナスを入れて強火でこまめに混ぜながら5分、色づくまで炒める。鍋に加えて、一度沸騰させ、それから火を弱めてふたをして20分煮込む。

3. そのあいだにクスクスを耐熱皿に入れる。計量したお湯に塩を入れて混ぜ、それをクスクスにかける。全体にいきわたるように混ぜてから、清潔なふきんで覆って、そのまま10〜15分置いておく。

4. マッシュルームとイチジクを鍋に加えて、ふたをせずに弱火でさらに20分煮る。コリアンダーを加えて、塩コショウで味をととのえる。

5. フォークでクスクスをおおまかにほぐす。それから指を使って粒に油をなじませながら、一粒一粒がバラバラになるようにする。バターを散らし、180℃に予熱したオーブンで15分火を通す。

6. クスクスを4皿に分けて盛り、4のタジンをすくってかける。

カボチャとビーツのチーズ焼き

　ビタミン豊富なビーツとカボチャをローストすれば、甘さとコクが引き出せる。これに風味豊かでピリッとしたルッコラをたっぷり添えて、味と食感の対比を楽しもう。もし残れば、翌日の昼食のサラダに彩りとして加えよう。

　ホビット庄は中世のどこかの町を忠実に再現したものではなく、イングランドの神話の世界を描こうとして生まれた場所だ。だから、トールキンが物語のなかで形にとらわれることなく自由に描く食べ物は、自身が若いときに味わった料理をもとにしたもので、そこには時代を超えたイギリスらしさが漂っている。その精神に沿って、このレシピでは新世界の野菜であるカボチャと旧世界の野菜であるビーツを組み合わせて、ベジタリアンにもやさしい食べ応えのある一皿に仕上げた。

材料／4人分
所要時間／50分
生のビーツ……6個(皮をむいて
　角切りにする)
カボチャかバターナッツカボチャ
……680g(皮をむいて種を取り、ビー
ツよりも少し大きめの角切りにする)
赤タマネギ……1個(くし形に切る)
オリーブオイル……大さじ2
フェンネルシード……小さじ2
ヤギのチーズ……180g
塩、黒コショウ
刻んだローズマリー(飾り用)

〈作り方〉

1. カボチャとビーツとタマネギをロースト皿にのせてオリーブオイルをかけ、フェンネルシードを散らして、塩コショウをする。200℃に予熱したオーブンで20〜25分、やわらかくなって色づくまで焼く。途中、一度ひっくり返す。

2. ヤギのチーズを分けて野菜のあいだに置く。チーズに塩コショウを少し振って、焼き汁をかける。

3. オーブンに戻してさらに5分、チーズが溶けはじめるまで焼く。ローズマリーを散らしてすぐにいただく。

グリーンドラゴン亭のキノコと
リーキのパイ

この個性的なパイはベジタリアン向けのメイン料理になる。四つではなく、大きなパイ一つにすることもできる。その場合、焼き時間を20〜25分にして、パイ生地がきれいにふくらんでキツネ色になるまで待とう。

パイは肉が入っていなくても食べる人を満足させられる。このベジタリアン用の伝統のパブメニューを食べれば、みぎわ丁のグリーンドラゴン亭で、サムやその父の地元の仲間が、ふくろの小路屋敷に住む変わり者のバギンズ氏と彼が隠した宝物についてうわさ話に花を咲かせるなか、食事を楽しむホビットになった気分が味わえるだろう。あなたは隣にすわるアンドワイズ・ローパー[サムのおじ]に訊くかもしれない——それで彼は次に何をやろうっていうんだい？

材料／4人分
所要時間／45分

バター……大さじ2
リーキ……2本（食べない部分を切り落とし、きれいに洗って薄くスライスする）
クレミニマッシュルーム……300g（石づきを切り落とし、4つに切る）
ボタンマッシュルーム……300g（石づきを切り落とし、4つに切る）
中力粉……大さじ1
牛乳……250ml
ヘビークリーム[乳脂肪分36%以上の生クリーム]……125ml
ストロングチェダーチーズ……130g（すりおろす）
細かく刻んだパセリ……大さじ4
市販のパイ生地……2枚
溶いた卵（つや出し用）

〈作り方〉

1. 大きな鍋にバターを溶かす。リーキを入れて中火で1〜2分炒める。2種類のマッシュルームを加えて2分炒める。小麦粉を追加して1分炒めてから、少しずつ牛乳とクリームを加え、かき混ぜながら煮詰めてとろみをつける。チェダーチーズとパセリを入れて混ぜ、さらに1〜2分火を通す。火からおろす。

2. パイ皿4枚をそれぞれ覆えるようにパイ生地を丸く切る。1を皿に分けて盛る。皿のふちに卵を塗ってパイ生地をのせ、ふちにひだをつくりながら軽く押しつける。表面に蒸気を逃がすための切れ目を2本入れる。残りの卵をつや出しのために塗る。

3. 220℃に予熱したオーブンで15〜20分、キツネ色になるまで焼く。温かいうちにいただく。

酷寒の根菜シチュー

　この風味豊かなビーガンシチューは、体にいい野菜がいっぱい入っていて、大勢で食べるのに最適だ。時間を置くと風味が増すので、翌日温めなおせばさらにおいしくいただける。表面がパリッとしたパンかニンニク風味のマッシュポテトを添えよう。

　第3紀の2911〜12年、エリアドールは長く寒い冬に見舞われた。食料が不足し、白狼は南に向かい、凍ったブランディワイン川を渡ってホビット庄に侵入した。窮地に陥ったホビット庄の住人が生きのびられたのは、ガンダルフと北方の野伏の助けがあったからだ。

　このシチューは冬の野菜やドライハーブを活用し、ホビットたちが春を待ちわびながら、長くて寒い冬のあいだ食べていたと思われる味にした。一口食べるたびに想像してみてほしい。外では雪が降り続くなか、暖炉のそばにすわり、穴の家のしつらえがもたらす暖かさと快適さに感謝するところを。

材料／8〜10人分
所要時間／2時間〜2時間半
カボチャか大きめのバターナッ
ツカボチャ……1個
オリーブオイル……60ml
タマネギ(大)……1個(みじん切り
にする)
ニンニク……4片(みじん切りにす
る)
赤トウガラシ(小)……1本(種を
取って刻む)
セロリ……4本(2〜3cmの長さに
カットする)
ニンジン(中)……4本(2〜3cmの
角切りにする)
パースニップ(中)……2本(2〜
3cmの角切りにする)
プラムトマト缶……400g×2
缶
トマトペースト……大さじ3
パプリカパウダー(ホット)……大
さじ1〜2
野菜スープストック……250ml
ブーケガルニ(パセリ、タイム、ロー
リエを束ねたもの)……1個
赤インゲン豆の缶詰……400g
×2缶(水気を切って軽くゆすぐ)
塩、黒コショウ
細かく刻んだパセリ……大さじ
4(飾り用)

〈作り方〉 ....

1. カボチャかバターナッツカボチャを半分に切って、種とわたを取る。
   皮を切り落として角切りにする。900gくらいの果肉がとれる。

2. 大きな鍋に油を入れて中火で熱し、タマネギ、ニンニク、トウガラ
   シを入れてやわらかくなるまで炒める。色づくまえにカボチャかバ
   ターナッツカボチャ、セロリを加えて弱火で10分炒める。

3. ニンジン、パースニップ、トマト、トマトペースト、パプリカ、
   スープストック、ブーケガルニを入れて混ぜる。一度煮立たせてか
   ら火を弱め、ふたをして1時間から1時間半、野菜がやわらかくな
   るまで煮る。

4. 豆を加え、10分煮る。ブーケガルニを取り出して捨てる。塩コショ
   ウをして味をととのえ、パセリを散らす。

ホウレンソウとトマトのダール

　安くて食べ応えがあっておいしくて、しかもヘルシーなビーガン料理ダール。インドのスパイスが食欲をそそり、夕食の定番メニューになるだろう。ナンか炊いたバスマティ米といっしょにいただこう。

　トールキンは、第3紀1000年過ぎにヴァラールがミドルアースに送った5人の魔法使いイスタリのなかで、東方に向かった青の魔法使い——アラタールとパルランド——については、古代インド、ペルシア、中国あたりを漠然とイメージしたと言っている。この2人のその後についてはほとんど語られていないが、おそらくスパイスのきいた食事も含めて、東方の文化に魅了されたのではないだろうか。

材料／4人分
所要時間／1時間10分
赤レンズ豆（乾燥、半割）……230g
ターメリックパウダー……小さじ½
青トウガラシ……2本（種を取って刻む）
皮をむいてすりおろしたショウガ……小さじ2
水……875ml
トマト缶（カットトマト）……400g
サラダホウレンソウ……75g
塩

スパイスオイル用
ヒマワリ油……大さじ1
エシャロット……1個（薄くスライスする）
カレーリーフ……12枚
ブラックマスタードシード……小さじ1
クミンシード……小さじ1
乾燥赤トウガラシ……1本（細かくする）

〈作り方〉

1. ダールをつくるために、まずレンズ豆を洗って水気を切る。大きな鍋に、ターメリック、トウガラシ、ショウガ、計量した水といっしょに入れる。一度煮立たせてから火を弱め、ふたをせずに40分煮る。レンズ豆が崩れ、とろみがついてくる。

2. トマトを加えてさらに10分煮詰めてから、ホウレンソウを入れて混ぜ、しんなりするまで2〜3分煮る。

3. スパイスオイルをつくる。小さなフライパンにヒマワリ油を入れて火をつけ、エシャロットを入れて強めの中火で2〜3分、色づくまで炒める。残りの材料を入れて1〜2分、シードがはじけはじめるまで混ぜながら炒める。

4. スパイスオイルをダールに注ぎ、よく混ぜて、塩で味をととのえる。

トゥーリン・トゥランバールの
タラゴンチキン

　甘草に似た繊細な風味のあるタラゴンはチキンによく合う。お好みでグリーンサラダを添えるといいだろう。チキンはパスタの代わりに、クリーミーなマッシュポテトの上に置いてもよい。

　トールキンが描く英雄トゥーリン・トゥランバールは勇敢に生き、最後は恐ろしい竜グラウルングに敗れて生涯を終える。その悲劇は『シルマリルの物語』で一部触れられているが、トールキンの死後、クリストファー・トールキンが編んだ『The Children of Húrin(フーリンの子供たち)』のなかでくわしく語られている。冥王モルゴスによって一族に課された運命と格闘するなかで、苦悩の英雄がこの料理を食べて、わずかな時間でも解放されたと思いたい。

材料／4人分
所要時間／20分
ペンネ……280g
塩
オリーブオイル……60ml
鶏むね肉(皮なし)……450g(そぎ切りにする)
ズッキーニ(中)……3本(薄くスライスする)
タマネギ(大)……1個(薄くスライスする)
つぶしたニンニク……小さじ2
松の実……30g
すりおろしたレモンの皮と果汁……2個分
刻んだタラゴン……8g
クレームフレーシュ……200ml
すりおろしたパルメザンチーズ(仕上げ用)

〈作り方〉

1. 大きな鍋に水と塩少々を入れて沸騰させ、パッケージの指示に従ってパスタをゆでる(8〜10分)。

2. そのあいだに大きなフライパンにオイルを温め、鶏肉を入れて3〜4分、表面に焼き色がつくまで焼く。ズッキーニとタマネギを加える。野菜が色づき、鶏肉に火が通るまで、さらに5分焼く。

3. ニンニクと松の実を加えて2分炒めてから、レモンの皮と果汁、タラゴン、クレームフレーシュを投入して、温めながらよく混ぜる。沸騰させないように気をつける。

4. パスタの湯を切り、ソースに入れてあえる。パルメザンチーズをかけて食卓に出す。

フィッシュ・アンド・チップス

　これぞイギリスというこの料理は、健康を考えてポテトも魚も油で揚げずにオーブンでローストする方法をとっている。さらに柑橘類の風味あふれるクリーミーなディップを添えて味を引きたてている。

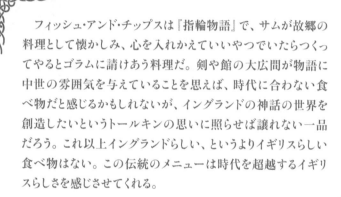

　フィッシュ・アンド・チップスは『指輪物語』で、サムが故郷の料理として懐かしみ、心を入れかえていいやつでいたらつくってやるとゴラムに請けあう料理だ。剣や館の大広間が物語に中世の雰囲気を与えていることを思えば、時代に合わない食べ物だと感じるかもしれないが、イングランドの神話の世界を創造したいというトールキンの思いに照らせば譲れない一品だろう。これ以上イングランドらしい、というよりイギリスらしい食べ物はない。この伝統のメニューは時代を超越するイギリスらしさを感じさせてくれる。

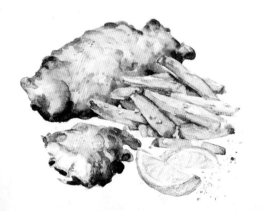

材料／4人分
所要時間／1時間
ほくほくするタイプのジャガイモ
（大）……9個（厚めのくし切りか拍子
切りにする）
オリーブオイル……大さじ2
全粒粉パン粉……100g
すりおろしたレモンの皮……1
個分
刻んだパセリ……大さじ3
白身魚の切り身……180〜
200gのものを4枚（それぞれを4
つに切る）
中力粉……70g
卵……1個（溶いておく）

レモンマヨネーズ用
卵……1個
オリーブオイル……125ml
白ワインビネガー……大さじ1
すりおろしたレモンの皮……小
さめのレモン1個分
レモン果汁……大さじ2
刻んだパセリ……大さじ2

〈作り方〉

1. ジャガイモにオリーブオイルをかけて全体にいきわたらせてから、
   200℃に予熱したオーブンで30〜40分焼く。ときどきひっくり返
   しながら、焼き色がついてカリッとするまで焼く。

2. そのあいだにパン粉とレモンの皮とパセリを皿に入れて混ぜる。切
   り身に小麦粉をまぶし、溶いた卵にくぐらせ、最後にパン粉をつけ
   る。ジャガイモの焼き時間があと20分になったところで、横に並
   べて魚に火が通るまでいっしょに焼く。

3. レモンマヨネーズをつくる。卵、オリーブオイル、白ワインビネ
   ガーを器に入れて、ハンドブレンダーでもったりするまで撹拌する。
   レモンの皮と果汁とパセリを加えて混ぜる。

4. 焼きあがったジャガイモと魚にレモンマヨネーズを添えて出す。

ブランディワイン川

ブランディワイン川のフィッシュパイ

　おいしいフィッシュパイはおなかも心も満たしてくれる料理の一つだ。
このクリーミーなパイは風味が豊かなので、シンプルなトマトサラダか、
歯ごたえが残るように火を通した緑の野菜を添えれば十分だ。

　　トールキンによれば、ほとんどのホビットは泳げない（『指輪物
語』のはるか昔に、フロドの両親はボートの事故で亡くなっている）。しかし、
例外もあるらしい。バック郷の川向こうに住むブランディバック
一族はボート遊びをするので、当然ながら変わり者だと思われ
ている。ところざわ村にある金鱒館は、恐れを知らぬ変わり者
のブランディバック家の人々が川で捕まえたかもしれない魚に
ちなんで名づけられている。

144

材料／4人分

所要時間／1時間半(浸透させる時間を除く)

生のエビ(冷凍エビの場合、解凍する)……280g(皮をむいて背ワタを取る)

白身魚(ハドックなど)の切り身……280g(皮を取って小さく切る)

コーンスターチ……小さじ2

塩漬けのグリーンペッパー……小さじ2(洗って水気を切る)

フェンネルの根(小)……1個(粗く刻む)

リーキ(小)……1本(食べない部分を切り落とし、きれいに洗って粗く刻む)

ディル……20g

イタリアンパセリ……20g

グリーンピース(生あるいは冷凍)……1カップ弱

ベイク用のジャガイモ……5個(薄くスライスする)

チェダーチーズ……100g(すりおろす)

塩、黒コショウ

チーズソース用

牛乳……280ml

タマネギ(小)……1個

ローリエ……1枚

バター……大さじ4

中力粉……50g

チェダーチーズかグリュイエールチーズ……130g(すりおろす)

〈作り方〉

1. チーズソースをつくる。鍋に牛乳、タマネギ、ローリエを入れる。一度煮立たせて火からおろし、そのまま20分置いて香りを移す。その後、濾して牛乳を器に移す。別の鍋にバターを溶かし、小麦粉を入れて手早く混ぜる。混ぜ続けながら1〜2分炒めて火をとめる。泡だて器で混ぜながら牛乳を少しずつ加えてなじませる。ふたたび弱火で煮立たせ、かき混ぜながら2分火を入れる。火からおろし、すりおろしたチェダーチーズかグリュイエールチーズを入れて混ぜる。

2. エビ(冷凍エビなら解凍したもの)をキッチンペーパーにはさんで水気を切る。同じように魚も水気を切る。コーンスターチと塩コショウを混ぜ、エビと魚にまぶす。

3. グリーンペッパーをすり鉢とすりこぎで軽くつぶす。フードプロセッサーにつぶしたグリーンペッパー、フェンネル、リーキ、ディル、パセリ、塩少々を入れて細かくなるまで撹拌する。必要なら側面についたものを落としてふたたび撹拌する。浅い耐熱皿に移す。

4. その上にエビと魚を散らして軽く混ぜる。上にグリーンピースを散らす。1のチーズソースの半分をのせてスプーンの裏でのばす。その上にジャガイモを重ねながら並べる。重ねるときにはその都度、塩コショウをする。残りのソースをかけて薄くのばし、チーズを散らす。

5. 220℃に予熱したオーブンで30分、表面が薄く色づくまで焼く。オーブンの温度を180℃に下げて、さらに30〜40分焼く。ジャガイモがやわらかくなり、魚に火が通ったら焼きあがり。

ヌーメノールのフエダイ、ブドウの葉の包み焼き

　地中海風のこの料理は、お客さんを驚かせること間違いなしだ。ブドウの葉が魚に絶妙な渋みを加えてくれるが、ブドウの葉が手に入らなければ、クッキングシートで包もう。フエダイが見つからなければ、地元の魚屋さんやスーパーの鮮魚コーナーで代わりになる魚をアドバイスしてもらおう。

　第2紀、ヌーメノールはミドルアースの西にある別れの海に浮かぶ島国だった。モルゴスとの戦いで、エルフとヴァラールの側についた人間に報償として与えられた地に建国されたのである。ヌーメノール人は長寿を与えられ、職人の腕と船乗りとしてのすぐれた能力で知られるようになった。

　このフエダイのブドウの葉の包み焼きは、「至福の島」を囲む穏やかで温かい海をイメージしてつくった。夏の日のメイン料理にぴったりだ。イチジクと生ハムとブルーチーズの温サラダ(p.74)といっしょに楽しんでほしい。

材料／4人分
所要時間／30分
オリーブオイル……90ml
レモン果汁……大さじ2
刻んだディル……大さじ2
ワケギ……2本(刻む)
マスタードパウダー……小さじ1
ブドウの葉(塩水漬け)……8枚(水気を切る)
フエダイ……1尾340gくらいのものを4尾(うろこを落として内臓を取る)
ローリエ……4枚
ディル……4枝(＋飾り用に適量)
塩、黒コショウ
くし切りにしたレモン(飾り用)

〈作り方〉

1. 30cmくらいの料理用糸4本を冷水に10分つける。

2. ボウルに、オリーブオイル、レモン果汁、刻んだディル、ワケギ、マスタードパウダー、塩、コショウを入れてよく混ぜる。ブドウの葉を洗って乾かし、2枚1組にして端を少し重ねておく。

3. 魚の両側に数本の切れ目を入れ、2のレモンソース少量を全体にこすりつける。おなかにローリエとディルの枝を入れる。ブドウの葉にのせてしっかりと包む。レモンソース少量を刷毛で塗り、湿った糸でしっかりと縛る。

4. バーベキューコンロか予熱したグリルで片面4〜5分ずつ焼く。必要ならレモンソースを追加で塗りながら、軽く焦げ目がつくまで焼く。

5. 数分冷ましてから糸と葉を取りのぞき、残りのレモンソースをかける。ディルの枝で飾る。

ラムの串焼き、ローズマリー風味

　このレシピを中東風にしたければ、ラムを串からはずし、細切りにしたレタスとトマトのスライスといっしょにピタパンに入れて、プレーンヨーグルトとタヒニにレモン果汁を加えたソースをかけるとよい。

　　マラハの族(のちにハドルの族となる)は、第1紀にベレリアンドに移住した人間(エダイン)の第三の家系である。彼らは長身、金髪で、エダインのなかでももっとも数が多く、好戦的だ。『シルマリルの物語』で語られる人間の英雄は、この族あるいはその子孫が多い。

　　ラムの串焼きは、マラハの族が羊、ヤギ、馬とともに東の地域からベレリアンドに向かう長旅にヒントを得た。道すがらおそらく火をたいて、バーベキューに近い形で料理をしただろう。今ならグリルパンで調理すれば、同じようなものができる。

材料／4人分

所要時間／15分(冷やす時間を除く)

ラムの脚肉(骨なし)……450g(ひき肉にする)

タマネギ(小)……1個(みじん切りにする)

ニンニク……1片(つぶす)

刻んだローズマリー……大さじ1

アンチョビ(オイル漬け)……6枚(油を切って刻む)

オリーブオイル(塗る用)

塩、黒コショウ

トマトとオリーブのサラダ用

熟したトマト……6個(くし切りにする)

赤タマネギ……1個(スライスする)

ブラックオリーブ(種抜き)……70g

ちぎったバジルの葉……数枚

塩、コショウ

エクストラバージンオリーブオイル……大さじ3

レモン果汁……ひとしぼり

〈作り方〉

1. ボウルにラム肉、タマネギ、ニンニク、ローズマリー、アンチョビ、塩、コショウを入れて、手で混ぜてまとめる。12等分して、ソーセージの形のパテにする。30分冷やす。

2. 金串にパテを刺し、軽くオリーブオイルを塗って、バーベキューコンロか予熱したグリルで片面3〜4分ずつ焼いて火を通す。

3. そのあいだにサラダをつくる。トマト、タマネギ、オリーブ、バジルをボウルに入れて塩コショウを振ってあえる。オリーブオイルとレモンのしぼり汁をかける。串焼きといっしょに盛りつける。

ローストラムのジュニパーベリー風味

　目の前にすれば思わずよだれが出そうなこのローストラムは、ニンニク、ローズマリー、アンチョビというイタリアンの伝統的な組み合わせにジュニパーベリー（ねずの実）を加えたものをペーストとして使う。肉に浸透するようにペーストをよくすりこんでほしい。

　ビルボがトリン一行とホビット庄を出てはじめて危ない目にあうのは、ウィリアム、バート、トムという気の短いトロル3人と出くわしたときだ。トロルはヒツジ肉を串に刺して「炙り」ながら、ビールを飲み、食べ物がいつも同じだと文句を言っている。このレシピがあれば、トロルもそうは言わなかったかもしれない。しかも、わざわざ手に持って炙らなくても、旧式でもふつうのオーブンさえあればできるのだから。

トロル

材料／6人分
所要時間／2時間
オリーブオイル……大さじ2
ラムのもも肉……1本(1.4kg、余計な脂身は切り落とす)
ジュニパーベリー……10個(6個はつぶし、4個はそのまま取っておく)
ニンニク……3片(つぶす)
アンチョビ(塩漬け)……60g(骨を取り、水で洗う)
刻んだローズマリー……大さじ1
ローズマリーの枝……2本
バルサミコ酢……大さじ2
白ワイン(ドライ)……250ml
塩、黒コショウ

〈作り方〉

1. ラム肉がおさまる大きさのローストパンにオイルを入れて熱する。ラムを並べて全体をこんがり焼く。そのまま冷ます。

2. ジュニパーベリー6個、ニンニク、アンチョビ、刻んだローズマリーをボウルに入れてのし棒の先で押しつぶす。バルサミコ酢を入れて混ぜ、ペーストにする。

3. 切れ味のよい小さなナイフでラム肉全体に小さな切り込みを入れる。切り込みに浸透するようにペーストを全体に塗りこむ。塩コショウをする。

4. ローストパンにローズマリーの枝を置き、その上にラム肉をのせる。ワインを注ぎ、残りのジュニパーベリーを加える。アルミホイルで覆い、いったん煮立たせてから、160℃に予熱したオーブンで1時間焼く。途中20分ごとに肉をひっくり返す。

5. オーブンの温度を200℃にあげて、アルミホイルを外してさらに30分、肉がやわらかくなるまで焼く。

6. ニンジンとパースニップのハニースター (p.80) と山盛りのローストポテトを添えて食卓に出そう。

湖の町のビーフポットロースト

　これをつくっているときには、おいしそうなにおいが部屋中に広がるだろう。ゆっくりと火を入れた牛肉は口に入れるととろけるはず。歯ごたえのあるサヤインゲンと、おいしい肉汁を逃がさないためにジャガイモかサツマイモのバター入りマッシュを添えていただこう。

　ビルボは、言うなればトールキンの世界におけるオデュッセウスだ。彼を英雄にしているのは、その勇気や腕っぷしではなく賢さで、必要なら裏と表の使い分けだってできる。この能力がいかんなく発揮されたのが、『ホビット』で闇の森のエルフにとらわれたドワーフたちを空のワイン樽に隠して救出する場面だ。

　ワイン樽は川を下って闇の森から湖の町まで運ばれ、そこで湖の町の人間が空の樽に売り物のワインや蜂蜜酒を詰めてエルフに戻すことになっている。エルフはドワーフが中に入っているとも知らずに、湖の町の牛が草を食む牧草地を目指そうと歌いながら、樽を押して川を下っていく。オデュッセウスのトロイアの木馬に劣らぬ作戦ではないか！

　このレシピは湖の町が闇の森に売る品にヒントを得て、牛肉とワインを組み合わせてじっくり煮込むことにした。外が寒くて体が冷えた日にこの料理をつくろう。大勢で食べてもいいし、数日かけて楽しんでもいい。

材料／4人分
所要時間／2時間半
ブリスケット[牛の前脚の内側
部分]……800g（約5cm角に切る）
セロリ……1本
ローリエ……2枚
赤ワイン（フルボディ）……625ml
ビーフストックかチキンストック
……250ml
ニンジン……2本（3〜4cm幅の斜
め切りにする）
小タマネギ……20個（皮をむいて
そのまま使う）
塩、黒コショウ

ホースラディッシュの団子用
ベーキングパウダー入り小麦
粉……140g
ラード……75g
ペースト状のホースラディッシュ
……小さじ2
小口切りにしたチャイブ……大
さじ3
水……大さじ5〜7
塩、黒コショウ

〈作り方〉

1. 牛肉に塩コショウをして、大きなキャセロール鍋（耐火性があり、ぴっ
たりとしまるふたつきのもの）に入れる。セロリとローリエを入れて、
ワインとスープストックを注ぐ。一度煮立たせてから火を弱め、ふ
たをしてとろ火で1時間半コトコトと煮込む。ときどきかき混ぜる。

2. そのあいだに団子をつくる。小麦粉、ラード、ホースラディッシュ、
チャイブ、塩、コショウをボウルに入れて混ぜる。生地がべたつか
ない程度に水を入れてまとめる。8等分して手に小麦粉（分量外）を
つけてそれぞれを丸める。

3. 1の鍋にニンジン、タマネギ、団子を加える。団子がふんわり軽く
なるまでふたをしてさらに45分、弱火で煮込む。途中、煮詰まる
ようだったら水を少し足す。牛肉を取り分け、盛りつける。

湖の町

サムの兎肉シチュー

　兎肉は料理の仕方によってはパサついてしまうことがあるが、風味豊かなソースで時間をかけて煮込めば、しっとりやわらかい肉になる。兎肉の代わりに鶏もも肉を使ってもよい。

　サムワイズがたき火で兎肉シチューをつくるところは、『指輪物語』のなかで忘れがたい場面の一つで、モルドールに向けて山を越えるという旅の最終ステージを目前に控えたフロドとサムに、故郷の雰囲気と安らぎをもたらしている。サムはいいスープストックも「じゃが」もないと嘆くが、ハーブをいくつか見つけて風味を加える。幸い、現実の世界にいる私たちは、イシリエンにいるかわいそうなサムよりも多くの材料が手に入る。

　このレシピは、サムワイズのシチューに敬意を払いながら考えた。やわらかい兎肉を引きたてるハーブを使った、コクがあって心も温まる一品だ。

材料／4人分
所要時間／2時間45分
挽いた黒コショウ……小さじ½
オールスパイスパウダー……小さじ½
刻んだ生のタイムかセージの葉……小さじ2
オリーブオイル……大さじ3
兎肉か皮なしの鶏もも肉……700g
タマネギ(大)……3個(スライスする)
グラニュー糖……小さじ2
ニンニク……3片(つぶす)
赤ワインビネガー……85ml
赤ワイン……250ml
トマトペースト……60ml
塩
ローリエ……2枚
イタリアンパセリ(飾り用)

〈作り方〉

1. コショウ、オールスパイス、タイムかセージを混ぜて、兎肉か鶏肉にすりこむ。

2. 耐火性のある大きなキャセロール鍋にオリーブオイルを熱し、数回に分けて肉のすべての面に焼き色をつけて、皿に移す。

3. 同じ鍋にタマネギと砂糖を入れて、混ぜながら15分ほど、あめ色になるまで炒める。ニンニクを入れてさらに1分炒める。

4. ビネガーとワインを加える。沸騰させて⅔の量になるまで煮詰める。トマトペーストと塩少々を入れてかき混ぜ、肉を戻し入れてローリエを加える。

5. ふたをして、150℃に予熱したオーブンに入れて兎肉なら2時間、鶏肉なら1時間半焼く。肉がやわらかくなり、煮汁がつやがあって濃厚なソースになったら出来上がり。味を見て、パセリを散らす。

トールキン作品のなかの宴

『ホビット』と『指輪物語』、どちらも宴で物語の幕をあけるのは偶然ではない。とはいえ、その雰囲気はだいぶ違う。『ホビット』の宴はとつぜん始まった予期せぬ宴で、ビルボは最初は快くもてなすが、腹をすかせたドワーフが次々にやってきて、たくさんの食べ物を出しているうちに、釈然としない思いに駆られる。一方、『指輪物語』の祝宴は正式に準備されたもので、オープンキッチンが設営され、近隣の旅籠から集められた料理人が腕を振るう。ケータリングの規模はオリファント級と言ってもいいだろう。

　タイプは違うが、どちらも物語のなかでは基本的な役割を果たしている。宴はあっという間に楽しい雰囲気をつくり、そこに温かさと安心感、平和と幸せ、簡単に言えば、「故郷」を思わせるものを織りこんでいく。それは快適な生活を好むホビットが危険な世界に飛び込み、英雄になるにあたって、あとにすることを強いられる安全な場所なのである。

　宴会が連帯感を助長するのも重要なポイントだ。万事抜かりのないガンダルフは、ビルボとドワーフを仲良くさせるには、いっしょに飲み食いさせるのがいちばんだと知っている。たとえビルボが快適に住まうふくろの小路屋敷でいやいやもてなすこと

になったとしても。

「二つの塔」では、宴の館が出てくる。トールキンはレゴラスに黄金色の館があたり一帯に光を放っていると言わせて、黄金館のその社会での位置づけを強調する。しかし、皮肉にも、ガンダルフ、アラゴルン、レゴラス、ギムリがはじめてメドゥセルド（黄金館）に足を踏み入れたときには、そこは暗く沈んだ場所で、華やかなもてなしの空気はまったくなかった。宴の不在は王国の土台と、実際の年齢よりも老いてしまった王セーオデンの心の両方に巣くった闇を象徴している。

そして、飲み物……

AND TO DRINK...

ミドルアースの飲み物と言われて
真っ先に思い浮かぶのは、ホビット庄や
ブリー郷のにぎやかな旅籠で人々が楽しむ、
なみなみと注がれたビールだろう。しかし、
トールキンの世界には、ファンゴルンのエントの飲み物から、
ドワーフが好きなスパイス入りのホットワインまで、
アルコール、ノンアルコールを問わず、さまざまな飲み物が出てくる。

アセラスティー

　ミントとレモンバーベナの香りが漂うこのさわやかなお茶は、飲めば気分がすっきりして元気になる。夕食後にコーヒーの代わりに飲めば消化にもよい。

　トールキンはミドルアースの世界をすみずみまで克明に思い描いていた。小さな薬草も例外ではない。アセラス（王の葉）は、風見が丘でナズグールに刺されたフロドの傷を治すのにアラゴルンが使った、細長い葉を持つ植物だ。すっきりとしたさわやかな香りがあり、心も体も元気づけてくれる。

　ここではアセラスの香りをミントとレモンバーベナの組み合わせにして、癒やしと気分転換の両方をもたらしてくれる飲み物にした。

〈作り方〉

材料／4人分
所要時間／20分
ガンパウダーグリーンティー(中国茶)……小さじ2
角砂糖……2〜3個(お好みで追加する)
ペパーミントとスペアミント……たっぷり1束
レモンバーベナ……1束

1. 茶葉と角砂糖をティーポットに入れる。沸騰したお湯を少し注ぎ、5分浸す。

2. ミントとレモンバーベナの葉をポットにできるだけぎっしりと入れる。砂糖をお好みで追加し、沸騰したお湯をポットいっぱいに注ぐ。

3. ティーポットを鍋に沸かしたお湯につけるか、弱火にかけるか、あるいはティーポットカバーをかけるかして、10分抽出する。

4. トレーにお茶用の耐熱グラスを4つ出す。お茶を少し注ぎ、ポットに戻す。グラスの上の高いところからゆっくりと注ぎ、表面が泡立つようにする。すぐにいただく。

ミルヴォール

　このさわやかな飲み物は、香りのよいローズウォーターが特徴だ。暑い夏の日に、たくさんの氷とミント1枝かキュウリのスライスを入れて飲もう。ジントニックに少し垂らせば、東洋風のカクテルになる。

　ミルヴォールはヤヴァンナが生みだした花からつくられたエルフの強壮飲料で、エルフの祭りで飲まれたものだ。『指輪物語』では、エルロンドがガンダルフにミルヴォールの入った水筒を渡している。その効果は絶大で、雪深い危険な山カラズラスに苦しんだ一行は、それを飲んで元気を取り戻す。

　この香りのよい飲み物は、旅の途中で苦境に陥ったあなたを元気づけ、次に待ち受けるのがバルログが潜む廃坑だったとしても、立ち向かう勇気を与えてくれる。

材料／6〜8人分
所要時間／15分
グラニュー糖……500g
水……210ml
レモン果汁……½個分
ローズウォーター……100ml

〈作り方〉

1. 底の厚い鍋に砂糖と計量した水を入れて煮立たせる。かき混ぜながら煮て砂糖を溶かす。

2. レモン果汁を加えて弱火で5分煮る。ローズウォーターを注ぎ、弱火で4〜5分煮る。鍋に入れたまま冷ましてから、消毒したボトルに濾しながら移す。

3. 氷をいくつか入れたグラスに、できたミルヴォールを大さじ2〜3入れて、冷水を注ぐ。ミルヴォールは冷蔵庫に入れれば、3〜4週間は保存できる。

トゥック爺さんのホットチョコレート

　ホットチョコレートをぜいたくな大人の味にした、トウガラシ入りの
このトディは、寒い冬にぴったりだ。トウガラシは入れなくてもいいが、
入れればチョコレートとラムの組み合わせに熱が加わり、体がもっと温
まるだろう。

　　　トゥック爺さん——本名ゲロンティアス・トゥック——はホビッ
　　ト庄の23代目のセインで、ピピンとメリーの尊敬すべき先祖に
　　あたる。年老いたトゥック爺さんが、大スマイアルですわり心
　　地のよい椅子——タックバラのトゥック家に代々伝わる椅子
　　——におさまって、このトウガラシとアルコールをきかせたホッ
　　トチョコレートを飲んでいるところが想像できるだろう（意外にも、
　　トールキンは作品のなかで一度もチョコレートに触れていない。おそらく新世界
　　の食べ物だからだろう）。

〈作り方〉

材料／4人分
所要時間／25分
ココアパウダー……50g
インスタントコーヒーの粉……
小さじ4
熱湯……875ml(分けて使う)
ダークラム……110ml
グラニュー糖……120g
シナモンパウダー……小さじ½
乾燥赤トウガラシか生の赤トウ
ガラシ……1本(半分にする)

1. ボウルにココアパウダーとインスタントコーヒーの粉を入れて、熱湯を120mlくらい入れてなめらかにする。

2. なめらかになったペーストを大きな鍋に入れる。残りの熱湯、ラム、砂糖、シナモン、トウガラシを入れて混ぜる。20分以上弱火で煮て、熱々にする。

3. よく混ぜて耐熱グラスに注ぐ。

ノンアルコールにする場合

〈作り方〉

材料／4人分
所要時間／10分
水……440ml
カルダモン(ホール)……4個
アラビカコーヒー(極細挽き)……
小さじ3
ココアパウダー……小さじ1
グラニュー糖……小さじ4

1. 水とカルダモンを小さな鍋に入れて、その上にコーヒーの粉、ココアパウダー、砂糖をのせる。スプーンが鍋の底につかないように、水の表面部分で混ぜる。

2. 中火で沸騰しない程度に沸かす。次第に泡立ってくる。ふきこぼれそうになったら火からおろし、泡をすくって4つのコーヒーカップに入れてから、チョコレート風味のコーヒーを注ぐ。1分ほど待ってコーヒーの粉をカップの下に沈ませてからいただく。

オークハイ

　蜂蜜で味付けした、体を温めるこの飲み物は冬の定番で、パンチがきいている。人を楽しませたいときにおすすめする。

　オークの飲み物は燃えるような液体だが、飲むと力が湧いてくる。オークをさらに強くした種族として知られるウルク＝ハイは、メリーとピピンをアイゼンガルドのサルマンのところに連れていくときに、これを2人に無理やり飲ませた。この飲み物をイメージしてつくったオークハイを飲めば、あなたも痛みを感じることなく、闇の組織の一員としてどこまでも歩いていけるようになるだろう。

オーク

〈作り方〉

1. 材料すべてを大きな鍋に入れて、ふたをして弱火で20分煮る。

2. かき混ぜて耐熱グラスに注ぐ。お好みでオレンジのくし切りと皮を飾る。

材料／6人分
所要時間／25分
ドライシードル……375ml
ウイスキー……125ml
オレンジジュース……125ml
蜂蜜……60ml
シナモンスティック……2本
オレンジのくし切りとカールさ
せた皮（飾り用。お好みで）

モリアのモルドワイン

　このぜいたくなワインをつくっているときには、スパイスと果物とワインの香りがあたり一面に漂うだろう。赤ワインを使ったいつものホットワインと違うものを飲みたければ、白ワインでつくってみてほしい。ホットワインは寒い冬の日のお祝いの席にぴったりだ。

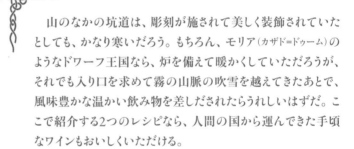

　　　山のなかの坑道は、彫刻が施されて美しく装飾されていたとしても、かなり寒いだろう。もちろん、モリア（カザド＝ドゥーム）のようなドワーフ王国なら、炉を備えて暖かくしていただろうが、それでも入り口を求めて霧の山脈の吹雪を越えてきたあとで、風味豊かな温かい飲み物を差しだされたらうれしいはずだ。ここで紹介する2つのレシピなら、人間の国から運んできた手頃なワインもおいしくいただける。

レッドモルドワイン

ブランデーのパンチをきかせて、もっと温かく、もっと楽しくなろう。

材料／6人分
所要時間／25分
手頃な赤ワイン……1本
透明タイプのリンゴジュース
……250ml
水……250ml
オレンジ果汁……1個分
オレンジ……1個（スライスする）
レモン……½個（スライスする）
シナモンスティック……1本（半分にする）
クローブ……6個
ローリエ……2枚
グラニュー糖……150g
ブランデー……625ml

〈作り方〉

1. ワイン、リンゴジュース、水、オレンジ果汁を大きな鍋に入れる。

2. オレンジとレモンのスライス、シナモンスティック、クローブ、ローリエを加え、さらに砂糖とブランデーを入れて混ぜる。

3. ふたをして20分以上弱火で加熱する。長く加熱すればするほど、風味が増す。耐熱グラスに注ぐ。

ホワイトモルドワイン

カルダモン、ショウガ、スターアニスという「リューン（東方）」の風味をつけたこのワインは、レッドモルドワインより軽く、フレッシュな味が楽しめる。

材料／6人分
所要時間／15分（+なじませる時間が20分）

白ワイン……815ml
水……250ml
ショウガ……2〜3cmのもの1片（皮をむき、薄くスライスする）
スターアニス……2個
シナモンスティック……1本
カルダモン（ホール）……3個（さやを割る）
蜂蜜……大さじ2
クローブ……4個
オレンジの皮……2枚（クローブ4個を刺す）

〈作り方〉

1. 白ワインと計量した水を大きな鍋に入れる。残りの材料をすべて加えて、中火でゆっくり加熱する。煮立ちはじめたら火をとめる。

2. 火からおろし、20分置いてなじませる。

3. ふたたび弱火にかけて温めてから、グラスに注ぐ。

ミード

　ミードは醸造業者やバーテンダーのあいだでふたたび注目を集めるようになっている。自分でつくるか、専門店やネットショップで見つけて、現代的にカクテルで楽しもう。

　蜂蜜のワインとして知られるミードは、世界最古の発酵飲料の一つでヨーロッパ、アジア、アフリカで見られる。ミドルアースでもよくある飲み物だ。『ホビット』で、ビヨンはトリン一行に蜂蜜酒をふるまう。『指輪物語』では、フロドとサムとピピンはホビット庄から出るまえに高貴なエルフに出会い、蜂蜜酒のような飲み物をもらう。ケレボルンとガラドリエルは指輪の一行の出発にあたって、白い蜂蜜酒を満たした別れの杯をめぐらせている。

材料／約6ℓ分
所要時間／2時間
（+熟成期間が1年）
水……5ℓ
蜂蜜……815ml
レモン果汁……1個分
ビタミンCの錠剤……1個
ワイン酵母……小さじ1

〈作り方〉

1. 水、蜂蜜、レモン果汁、ビタミンCの錠剤を底の厚い大きな鍋に入れ、沸騰させて天然の酵母を殺菌する（専用の殺菌錠剤を適量使用してもよい）。

2. 冷ましてから、消毒したデミジョン[かごでくるんだ細首の大瓶]に移す。ワイン酵母を入れて、消毒したエアロックをつけてふたをする。発酵が2週間くらい続き、おりが沈殿しはじめる。

3. 澄んだ液体部分を別の消毒したデミジョンに移し、冷暗所に保管する（石の床に置けばおりが沈殿しやすくなる）。もう一度上澄みを移す。

4. 液体が透明になったら、瓶に移して1年以上熟成させる（1年待てればの話だが）。

ミードミュール

辛口のジンジャーエールと甘いミード、さわやかなライムの組み合わせは、モスコミュールをアレンジした。

材料／1人分
所要時間／5分
ミード……60ml
ライム果汁……小さじ2
ジンジャーエール……125ml
氷

飾り用
ミント
ライムのくし切り

〈作り方〉

1. ミード、ライム果汁、ジンジャーエールをミキシンググラスに入れてステアする。
2. 氷を入れたタンブラーに注ぎ、ミントとライムで飾る。

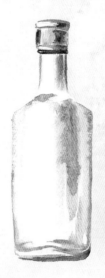

ミードフィズ

ブランチでお祝いするときにぴったりなこのカクテルは、バックスフィズにミードを足して味に深みを出している。

〈作り方〉

1. オレンジ果汁とミードをシャンパングラスに入れて軽く混ぜ、ゆっくりとシャンパンを注ぐ。

材料／1人分
所要時間／5分
しぼりたてのオレンジ果汁……
60ml
ミード……大さじ2
冷やしたシャンパン……
100ml

［＊］日本では、酒類製造免許を持たずにアルコール度数が1％を超える飲料をつくると、酒税法違反となりますのでご注意ください。

ミドルアースの飲み物

　ミドルアースには飲み物の文化があり、種族ごとに好む飲み物が決まっている。その多くはアルコールだ。

　ホビットの文化に、ヴィクトリア朝後期およびエドワード7世時代のイギリスが反映されているとすれば、彼らのビール好きは驚くことではない。ホビット庄にはたくさんの旅籠があり、食事、宴会、祝いの席では次々にビールが運ばれてくる。東四が一の庄ではところざわ村の金鱒館のビールがいちばんうまい、とピピンは言うが、ブリー村の外れにある躍る小馬亭もホビットと人間でいつも賑わっており、高い評価を得ている。第4紀以降、おいしいビールができたときには、かならずホビット庄暦1420年のビールと比べられただろう。それは指輪戦争が終わったあとで、北四が一の庄の大麦の出来が（たくさんの穀物のなかでも特に）よかった年だった。

　人間もビールは好きだが、水と蜂蜜を発酵させた蜂蜜酒（ミード）もよく飲まれているようだ（特にビヨン一党やロヒルリムの騎馬族などは好んで飲む）。その文化を考えるにあたって、トールキンがミードを飲むアングロサクソン人を参考にしたからだろう。『ホビット』でガンダルフはビヨン一党のリーダー、ビヨンのところで朝食をとりながら、少なくとも1リットルの蜂蜜酒を飲んでいる。メドゥセルド（Meduseld）の語源が、古英語の

maeduselde（ミードの館）であることを思えば、この黄金色の甘い飲み物は、ローハン国王のメドゥセルド（黄金館）でも出されたに違いない。

　ホビット庄の南四が一の庄にはブドウ園（ホビットのあいだでは、オールド・ウィンヤードはワインの産地として名高い）があるが、ワインといえばエルフのほうが結びつきが強い。『ホビット』では闇の森のエルフ王はワインの愛好家で、たくさんのワインをそろえたすばらしいワインセラーを持ち、執事に管理させている。お気に入りは、何百キロも離れたリューン湖畔のドルウィニオン産の強いワインだ。高度に文明化されたヌーメノールやゴンドールの人たちもワインを常飲していたかもしれない。

　ミドルアースの飲み物はすべてがアルコール入りというわけではない。木の牧者エントは一般的な食事ではなく、エントの飲み物から栄養をとる。それは川の水からつくられ、大きな石のかめにためてある。成長を促す不思議な力があるようで、ファンゴルンの森でそれを飲んだピピンとメリーは背が5、6センチ伸びた。エルフにも植物からつくられたミルヴォール（p.161）という強壮飲料がある。

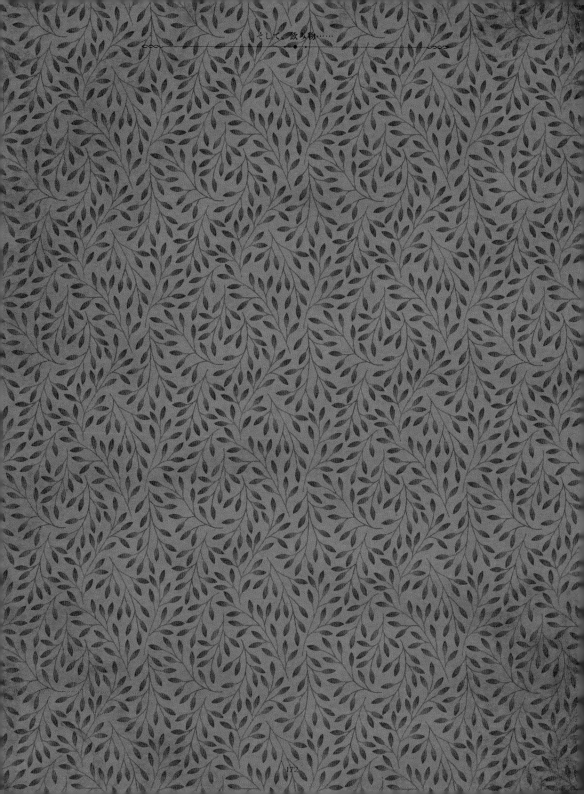

索 引

あ

アイゼンガルド……164
アセラス……76, 114, 160
アラゴルン……76, 96, 157, 160
アルクウァロンデ……92, 93
アルケンストン……16, 24
アルノール……76, 83
イシリエン……36, 154
ヴァラール……50, 52, 80, 138, 146
ウルク＝ハイ……101, 164
ウンバール……96
英雄……7, 22, 75, 100, 139, 148, 152, 156
エルフ……9, 16, 18, 40, 54, 70, 75, 79, 80, 82, 83,
　　93, 94, 100, 103, 110, 128, 129, 146, 152,
　　161, 168, 171
エルロンド……40, 104, 161
エレボール……21, 26, 51, 116, 128
オーク……76, 101, 164
躍る小馬亭……68, 83, 131, 170

か

ガラドリエル……52, 110, 168
ガンダルフ……31, 40, 56, 82, 126, 136, 156, 157,
　　161, 170
ギムリ……24, 157
ギャムジー，ハムファスト……18, 34
グリーンドラゴン亭……63, 135
黒の乗り手……32, 119
ケレボルン……168
ゴラム……46, 71, 88, 101, 140
ゴンドール……13, 36, 43, 59, 78, 96, 103, 131, 132,
　　171

さ

サウロン……90, 132
さけ谷……8, 38, 40, 64, 103, 126, 128, 129
サム……7, 9, 18, 28, 36, 44, 46, 63, 70, 71, 88, 100,
　　101, 112, 119, 129, 135, 140, 154, 168
燦光洞……24
『シルマリルの物語』……22, 50, 52, 80, 82, 100,
　　128, 139, 148

た

大スマイアル……117, 162
トゥック爺さん……162
トゥランバール，トゥーリン……139
とっつぁん……18, 34, 63
ドラゴン……16, 18, 33, 63, 135
トリン……26, 60, 103, 120, 122, 150, 168
トロル……150
ドワーフ……7, 12, 13, 16, 24, 31, 40, 51, 58, 60, 62,
　　75, 99, 103, 108, 120, 122, 128, 152, 156,
　　159, 166

な

西四が一の庄……66
ニフレディル……110
ヌーメノール……13, 74, 132, 146, 171

は

灰色港……9, 94
パイプ草……100
馳夫……44
ハラド……43, 96, 132
ハラドリム……132
バルログ……9, 82, 161